中公文庫

まんぷく旅籠 朝日屋

なんきん餡と三角卵焼き

高田在子

中央公論新社

目次

「まんぷく旅籠 朝日屋」地図

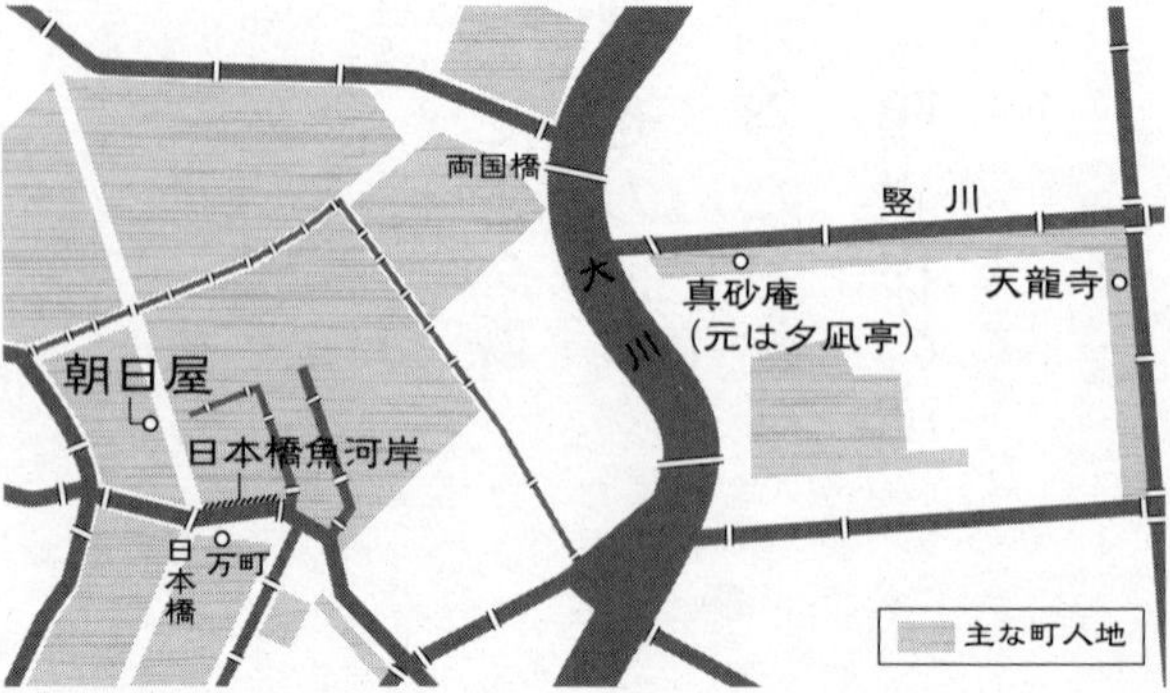

地図製作：(株)ウエイド

まんぷく旅籠　朝日屋

なんきん餡と三角卵焼き

第一話　まことの味

日本橋川北岸の通りに立てば、むわっとした魚のにおいに全身を包み込まれた。磯の香りに混じっているのは、死んだ魚の血肉が放つ独特なにおいだ。貝や海藻のにおいも漂《ただよ》ってくる。

ちはるは辺りを見回した。

早朝の魚河岸《うおがし》は、魚を求める者たちで溢れ返っている。

向こう鉢巻きをしめた尻切《しりき》れ半纏《ばんてん》の男は、魚を仕入れにきた棒手振《ぼてふり》だ。着流し姿の男は、料理人か。紋付姿の二人連れは、武家の買い出し人であろう。

「おい、その鯛《たい》はいくらだ。平目は――」

「何ぃ、三貫にしろってか⁉　寝言は寝て言えってんだ、この野郎！　安くまけて四貫だって言ってんだろうが！　それ以上は、びた一文まけねえからなっ」

「ぐずぐずしてんじゃねえよ。さっさと茶屋札《ちゃやふだ》を出しやがれ」

「てやんでいっ、一昨日来やがれってんだ！」

あちこちで怒声が響き渡っている。

ちはるは改めて鼻から息を吸い込んだ。冬の冷たい風が、魚のにおいを一瞬だけ押しのける。

と同時に、ちはるの右を通り過ぎていった男たちの体臭が鼻先に押し寄せてきた。魚のぬめりと汗のにおいが入り混じったような男くささだ。

ちはるは思わず反対を向く。

「あれ――？」

思わず声を上げた。

何度も鼻を動かして、すんすんと辺りのにおいを嗅《か》ぐ。

ついさっきまで海の中を泳ぎ回っていたような、新鮮な魚のにおいがした。

においを辿れば、板舟《いたぶね》にずらりと並べられた鰺《あじ》のもとへ行き着いた。

板舟とは、魚を並べて売るための板だ。魚問屋の軒先から通りへせり出している。

ががやがやとした雑踏に背を向けて、ちはるは板舟の前に陣取った。

どれもみな大きさのそろった鰺だ。おれさまを食えるもんなら食ってみろ！　と啖呵《たんか》を切っているような顔つきが凛々《りり》しく、澄《す》んだ黒目が美しい。

「美味しそう……」

呟《つぶや》いた口の中に唾《つば》が溜まる。

この場で下ろして、刺身にしたい。やはり生姜《しょうが》醤油か――いや、鰺の甘みをしっかり味わうならば、ほんの少しの醤油だけでいいのでは――。

ちはるは振り返った。

「慎介《しんすけ》さん！」

朝日屋《あさひや》の板長《いたちょう》、慎介を手招きする。

「この鰺を買いましょうよ。絶対に美味しいですよ」

慎介は白髪《しらが》交じりの頭をかきながら、歩み寄ってきた。

「勝手に動き回るんじゃねえと言っただろう」

「すみません」

軽く頭を下げてから、ちはるは板舟の上の鰺を指差した。

「あまりにも新鮮なにおいがしたもので、つい――」

慎介は顔をしかめて、自分の鼻の頭に指を当てた。

「おめえの鼻が犬並みによく利くってえのは、おれも承知しているが、勝手にうろちょろされちゃ困るぜ」

慎介は腕組みをして、鰺に目を移した。しかめっ面から一転、目を輝かせて唸《うな》る。

「なるほど……こいつぁ立派な鰺だ」

「買いましょう！」

ちはるは勢い込んだ。

「刺身にしますか？　塩焼きにしますか？　それとも、煮つけや南蛮《なんばん》漬けにしますか？」

「てめえに売る魚なんかねえ！　とっとと帰《けえ》れ！」

背後から低く響いてきた大声に、ちはるの腰がぞくりと震えた。

振り向けば、向こう鉢巻きをしめた仲買人が仁王立ちしている。

年の頃は三十か。まくり上げた袖《そで》から見える腕はたくましく、がっちりした体つきだ。

足元は下駄——常に売り場がぬかるんでいるので、魚河岸の男たちは草履《ぞうり》ではなく下駄を履いている。

近くで桶を洗っていた男が、すすいだ水を勢いよく捨てた。仲買人の素足に水飛沫《みずしぶき》がかかる。ちはるは思わず、ぶるりと身を震わせた。だが仲買人は、まるで冷たさなど微塵《みじん》も感じていないかのように平然としている。

仲買人は肩を怒《いか》らせ、鋭い眼光で慎介を睨《にら》みつけた。

「よくも、おれの前に顔を出せたもんだな」

深く艶のある美声が耳の穴から入ってきて、ちはるの体の芯をずしんと突いた。

ちはるは仲買人の顔を凝視《ぎょうし》する。いかつい顔は、荒っぽい気性そのものに見えるが、発せられた声はまるで歌舞伎役者か何かのようだ。

今にも出刃包丁を突きつけそうな勢いで、仲買人は慎介に一歩迫った。慎介は冷静な表情で、仲買人を見つめている。

「鉄太《てった》さん、この鯵はいくらだ？」

「あぁん？」

鉄太と呼ばれた仲買人は、眉間《みけん》に深くしわを寄せて、ますます険《けわ》しい形相《ぎょうそう》になった。

「慎介さんよ、ついに耄碌《もうろく》したか。おれは『てめえに売る魚なんかねえ』と言ったんだぜ。耳が遠くなって、聞こえなかったか？」

「ちゃんと聞こえていたさ」

慎介は挑むような目で鉄太を見つめ続けた。

「その上で、この鯵を売ってくれと言ったんだ」

鉄太の額に青筋が浮かぶ。

「同じことを何度も言わせるんじゃねえ。てめえに売る魚なんざ、一匹たりともねえんだよっ」

鉄太は腕組みをして、そっぽを向いた。怒りを噛《か》むように歯ぎしりをしていた口元が、はっと何かを見つけたように開く。

鉄太の目線を追えば、着流し姿の中年男が一人、こちらを向いて立っていた。羽織はまとっておらず、寒風の中を軽やかな足取りで近づいてくる。すぐ後ろには、尻端折《しりばしょ》りに股《もも》引《ひき》姿の若い男が二人続いていた。

中年男は板舟の前まで来ると、ずらりと並んだ鯵を端から端までじっと見回した。納得したようにひとつうなずいてから、顔を鉄太に向ける。

「全部くれ」

「へいっ」

鉄太が即答すると、若い男たち二人は持参してきた木桶《きおけ》の中に手際よく鰺を入れていった。

「ちょっと！」

ちはるは思わず叫んだ。

「うちが先に、鰺を買うって言ったのよ⁉」

若い男たちの手が止まる。

「おい」

中年男のひと声で、若い男たちは再び手を動かし始めた。

ちはるは憤然として、鉄太と中年男の前に立つ。

中年男が初めて、ちはるを見た。冷たい眼差しが注がれる。ちはるは、むっと顔をゆがめて中年男を睨みつけた。中年男は少しも動じることなく、慎介に目を移す。

「慎介さんが連れてきたってことは、これが噂《うわさ》の、朝日屋の女料理人かい」

知り合いだったのかと目で問えば、慎介が神妙な顔でうなずいた。

「こちらは百川《ももかわ》の料理人、仁平《じんぺい》さんだ」

ちはるは目を見開いた。

百川といえば、日本橋瀬戸物町の浮世小路《うきよこうじ》にある高級料亭だ。日本橋室町《むろまち》三丁目にある旅籠《はたご》、朝日屋からは、目と鼻の間の距離にある。

仁平は矜持《きょうじ》を示すように、ぐいと胸を張った。

「慎介さんが腕を振るっていた福籠屋《ふくろうや》に、おれは一目置いていたんだ」

仁平は悔しげに目を伏せる。

「それが、あの騒動だ。見損なったなんてもんじゃねえぜ」

福籠屋は、慎介が営んでいた料理屋だ。去年現れた商売敵《がたき》の嫌がらせを受け、潰《つぶ》されてしまった。

鰺のつみれの中に蚯蚓《みみず》の肉を混ぜ込んだという噂を立てられたり、やくざ者を送り込まれたり、慎介は散々な目に遭《あ》ったと、ちはるも聞いている。

極めつきが、右腕の怪我《けが》だ。

店で暴れたやくざ者に殴《なぐ》る蹴るの乱暴を受け、竈《かまど》に突き飛ばされて煮えた湯を浴びた慎介は右腕に大火傷《やけど》を負った。刃物でつけられた傷と相まって、それまでと同じようには手を動かせなくなってしまったのだ。今でも、たまに痛みが走るらしい。

朝日屋は、潰れてしまった福籠屋の間取りを直して開いた旅籠なのだ。家主（地主）の娘婿《むこ》である兵衛《ひょうえ》が、かつての恩を返そうと奔走《ほんそう》し、慎介を料理人として踏みとどまらせた。

「おれは朝日屋なんか認めちゃいねえぜ」

挑むような目で、仁平は慎介を睨んだ。

「あんたは料理人の面汚しだ」

板舟に載っていた鰺がすべて桶に移された。仁平が顎《あご》をしゃくって合図すると、百川の若い衆が桶を運び去っていく。

そのあとを追って歩き出した仁平が、ふと足を止めた。振り返って、思い出したように慎介を見やる。

「美味い料理で客を呼ぶなどと言っているらしいが、しょせんは旅籠——朝日屋は、料理屋じゃねえんだ。口当たりのいい包み揚げで、多少の評判を呼んだらしいが、百川と同じ土俵に上がれるだなんて夢にも思うんじゃねえぞ」

言い捨てると、仁平は踵《きびす》を返して去っていった。

雑踏にまぎれていく仁平の後ろ姿を、ちはるはじっと睨んだ。

悔しい——。

ちはると慎介が苦心して作り上げた包み揚げを馬鹿《ばか》にされたのだ。助力してくれた天《てん》龍寺《りゅうじ》の住職、慈照《じしょう》の厚意も踏みにじられた気分だ。

「おれも朝日屋なんか認めねえよ」

体の芯に響く低い声に、ちはるは振り返った。

がらんと空いた板舟の前で、鉄太が拳《こぶし》を握り固《かた》めている。

「商売替えをして、看板に掲げる名を変えたって、人の性根はそう簡単には変わらねえんだ」

「誤解なんですよ！」

ちはるは鉄太に詰め寄った。

「慎介さんの悪評は全部嘘です！　慎介さんは、やくざ者とは何の関わりもないんですよ。もちろん、鰺のつみれの中に蚯蚓の肉を混ぜたなんていう噂も嘘です」

「全部嘘だと――？」

鉄太はぎろりと、ちはるを見下ろす。

「冗談じゃねえ。嘘のせいで、おれは客の信用を失ったのか」

鉄太の目の奥が、ほの暗く揺れた。まるで冬の陽炎《かげろう》のように。

「蚯蚓の肉が混ぜ込まれたと噂された、鰺のつみれ――あの時の鰺は、おれが売った鰺だったんだ」

鉄太は自嘲するように、ふんと鼻を鳴らした。

「あの噂が立った時、おれだって耳を疑ったさ。まさか慎介さんが、そんな真似をするはずがねえ――何かの間違いだって思った。だがよ。『いくら何でも、わざわざ蚯蚓を取ってきて混ぜ込んだりはしないだろう』って慎介さんをかばったやつは、おれに疑いの目を向けてきやがったんだ。『鯵が悪かったんじゃないか』ってな」

　空になった板舟に目を落として、鉄太は唇を嚙む。

「あの野郎、おれが腐りかけた鯵を売ったような言い方をしやがったんだ。だから、つみれの味が落ちて『蚯蚓でも混ざっているんじゃねえだろうな』なんて悪評が立ったんじゃねえかって――」

　鉄太は顔を上げて、慎介を睨んだ。

「あの日おれが売った鯵は、魚河岸の中で一番の上物だったはずだ」

　慎介は真っ向から鉄太の眼差しを受け止めて、うなずいた。

「それは間違いねえ。鉄太さんが扱う魚は、いつだって立派だ」

　鉄太は唇を震わせた。

「じゃあ何で、鯵のつみれに蚯蚓が混ぜられたなんて噂が立ったんだ⁉　うちの魚に非がねえんなら、福籠屋に非があるとしか考えられねえだろうっ」

　鉄太は胸の前で両手の拳を突き合わせた。

「福籠屋のせいで、うちが扱う魚は物が悪いっていう噂を立てられたんだ。とんでもねえ、とばっちりだ。だが、いったん出回った悪評は次から次へと広まっちまって、なかなか消せなかった」

「それは慎介さんも同じです！」

ちはるは声を張り上げた。

「悪いことなんか何もしていないのに、ある日突然、悪者にされて――」

重苦しいやるせなさが胸の奥からぐっとせり上がってくる。

ちはるの実家、夕凪亭《ゆうなぎてい》が乗っ取られた時のことを思い出した。

本所松井町《ほんじょまついちょう》一丁目の町家に両親が開いた料理屋は、小さい店ながらに繁盛していた。客は、近所の親父たちや、仕事の合間に立ち寄る船頭たち――近くの武家屋敷からお忍びでやってくる二本差しのお侍もいた。

父は調理場で包丁を握り、母は注文取りとお運びを受け持った。ちはるは父の下で台所仕事をこなしながら、母の手が回らない客のもとへ直接料理を運んだりもしていた。

父の料理を贔屓《ひいき》にしてくれる客たちで、いつも店内はいっぱい。その中で両親とともに働くのが、ちはるは好きだった。その暮らしは、ずっと変わらないと思っていた。

それが去年の霜月《しもつき》（旧暦の十一月）に、状況は一転してしまった。雇《やと》われ料理人として夕凪亭に入ってきた久馬《きゅうま》のせいだ。

久馬は、店主の父に従順で、よく働いた。ちはるにも親切な態度だった。

だが、その裏で、店を乗っ取るためにさまざまな画策をしていたのだ。

慎介の福籠屋と同じく、夕凪亭の料理にも悪評を立てられた。

ちはるが悪評を知ったのは、今年の睦月《むつき》（一月）に入ってすぐのことだった。

青物（野菜）の仕入れ先が、夕凪亭の公言した場所とまったく違う、——売れ残りの傷んだ魚を使っていた——、夕凪亭の料理は嘘だらけだ——。

あっという間に、夕凪亭は馴染み客たちの信用を失ってしまった。

しまいには、夕凪亭が闇商人から異国の食材を仕入れているという噂まで立てられた。根も葉もない馬鹿馬鹿しい噂だったが、実際に火盗改《かとうあらため》の同心《どうしん》たちが来て、両親を手荒に問いただした。

怒鳴り散らして、床几《しょうぎ》を蹴り倒し、店の皿を割ったり——悪人を捕縛《ほばく》する役人ではなく、押し込んできた盗賊《とうぞく》たちが無体を働いているとしか思えないありさまだった。

客足は途絶え、食材も手に入らない。店賃《たなちん》は払えず、自分たちが食べる物を買う金さえなくなった。

それでも何とか店を立て直そうとして、父は一度だけ借金をしたが、上手くはいかなかった。借金さえも、久馬の罠《わな》だったのだ。身に覚えのない借金まで背負わされ、さらに窮地へ追い込まれた両親は、泣く泣く店をあきらめた。

ちはるたち親子三人が着の身着のまま夕凪亭を追い出されたのは、今年の如月《きさらぎ》（二月）——騒動が起こってから、ひと月あまり——人生が一転した怒濤《どとう》の日々だった。

久馬は用意周到だった。夕凪亭に入り込む前から立てていたであろう企《くわだ》てに、ちはるたち親子はまんまとはめられてしまったのだ。

知人の世話で裏長屋に落ち着いたのも束の間、心労が重なって弱った両親は次々と寝込み、失意の中で相次いで死んでいった。

「んなもん知らねえよ！」

吐き捨てるような鉄太の声に、ちはるは引き戻《もど》された。

我に返れば、ちはるは魚河岸の喧騒《けんそう》の中に立ちつくしていた。目の前には、憎々しげな顔でちはるを見下ろす鉄太がいる。

「ふざけるんじゃねえや。何が『慎介さんも同じです』だ。一緒くたにされちゃ困るぜ。『悪いことなんか何もしていないのに、ある日突然、悪者にされて』だと⁉ おれは、この目で、福籠屋の騒動を見たんだぜ！」

「それは——」

ちはるは言葉を詰まらせた。鉄太が畳みかける。

「店の中で、やくざ者たちが暴れていた。客に料理を食わせるどころじゃねえや。やつらは通りを行き来する者たちにも罵詈雑言《ばりぞうごん》を浴びせて絡《から》み、隣近所にも散々迷惑をかけたんだぜ。一時は、あの通りを歩く者さえ途絶えたんだ。柄の悪い連中がたむろしている場所になんか、誰も近寄りたくはねえからな。若え娘《わけ》のいる家は、引っ越しまで考えたそうだ」

ちはるは唇を引き結んだ。

福籠屋に起こった出来事を、ちはるは人づてに聞いただけだ。実際に自分の目で見たという鉄太の剣幕に押されてしまう。

「外から見たって、福籠屋の中が荒れている様子は、よぉくわかった。そんな店に、魚を売れるかってんだ。喜んで食べてくれる人のもとへ届けたくて、おれは魚を売っているんだぜ。魚の命を無駄にするつもりは一切ねえ。人の口の中で輝く美味い命を、おれは扱っているんだ」

慎介さんだって、喜んで食べてくれる人のために料理を作っていた——そして今も作り続けている——そう訴えようと、ちはるは口を開いた。

しかし声を出す前に、後ろから慎介に肩をぐいっと引っ張られる。その勢いで、ちはるは一歩下がった。

慎介が鉄太の前に出て、深々と頭を下げる。

「すまなかった！」

腹の底からしぼり出したような慎介の声が辺りに響いた。

「鉄太さんにまで迷惑をかけていたなんて、今の今まで知らなかったんだ。許してくれ！」

膝に頭がつきそうなほど深く頭を下げ続ける慎介を、鉄太はぎろりと睨みつける。

「許せねえな」

鉄太は右足で何度も小刻みに地面を蹴った。慎介の頭を踏みつけたい衝動《しょうどう》を、必死にこらえているかのようだ。

「藤次郎《とうじろう》さんのおかげで、何とか周りの信用を取り戻せたが――慎介さんへの怒りは収まらねえ」

慎介は頭を下げながら両手の拳を握り固めている。

ちはるは慎介の隣に並んだ。

「じゃあ、どうしたらいいんですか。どうしたら、慎介さんを許してもらえるんですか?」

鉄太はいらいらした表情で、地面を小さく蹴り続けた。

「朝日屋なんかやめちまえ。未練たらしく料理にしがみついてないで、さっさと包丁を手放せよ。そうしたら、考えてやらぁ」

「そんな――」

ちはるは頭を振った。

「料理と無縁の暮らしをしろだなんて、あまりにも酷じゃありませんか。慎介さんは、ずっと料理人として生きてきたし、これからだって、その生き方しか――」

「じゃあ許さねえよ」

鉄太の鋭い声が即座に返ってきた。慎介が、のろのろと顔を上げる。

「誰に何と言われようが、料理人をやめることだけはできねえ」

鉄太の厳しい眼差しを毅然《きぜん》とはねつけるように、慎介は背筋を伸ばした。

「あの騒動で、おれも料理人をやめようと思った――だが、引き止めてくれた人がいる。

今は、一緒に仕事をしたい者たちもいる。それに何より、また食べにきてくれる人たちがいるんだ。だから、おれは料理から逃げるわけにはいかねえ。死ぬまで向き合い続ける覚悟だ」

鉄太はいまいましげに口をゆがめて顔をそらした。

「おれは絶対に、てめえを料理人とは認めねえぞ」

慎介は黙って頭を下げてから、通りへ踏み出した。

「ちはる、行くぞ」

「でも――」

「いいから来い！」

鉄太を説得したい気持ちを残しながらも、ちはるは慎介のあとを追った。

「おっ、いい鮪《まぐろ》があるぞ」

気を取り直したような声を上げて、慎介は鮪が多く並んでいる店へ向かった。

三人の男たちが手際よく大きな鮪を下ろしている。

慎介が近づくと、三人は鮪包丁を握る手を止めて、嬉しそうに顔を上げた。

「先だって朝日屋が出した『玉手箱《たまてばこ》』は、えらく評判がいいらしいじゃねえか」

先月の重陽《ちょうよう》の節句に、朝日屋は二人の評者を呼んで、祝い膳を食べさせた。福籠屋の頃の悪評を拭えず、客が入らなかった朝日屋の存続を懸けて、町の者たちに朝日屋の料理を知ってもらおうと奮闘したのである。

その際に目玉となった品が『秋の玉手箱』――小麦粉で作った薄皮の中に、しめじ、椎茸、茄子《なす》、鮪の解《ほぐ》し身を、餡《あん》かけにして閉じ込め、小箱のような四角い包み揚げにした料理だ。

ちはるが幼い頃から世話になっている天龍寺の住職、慈照の知恵を借り、朝日屋の板長である慎介とともに仕上げた、渾身《こんしん》の一品であった。

「昔っから『下魚《げざかな》』と馬鹿にされている鮪を使った料理が評判を呼んで、おれたちも気分がいいぜぃ」

三人の男たちは目を輝かせて、うなずき合う。

「この頃じゃあ鮪を美味いと言ってくれる人も増えてはきたが、お武家はもちろん大っぴらに食わねえし、百川みてえな高級料亭じゃ、まず出さねえもんなぁ」

かつて鮪は、陸奥《むつ》などの遠方から江戸に運ばれていた。そのため新鮮な状態で江戸の者たちの口に入ることはなく、美しいはずの赤身も黒ずんでしまっていた。中毒で頭痛に襲われる者もおり、江戸では、ほとんど食べられていなかったのである。

呼び名も、古くは「しび」――「死日」に通じるといわれ、忌み嫌われた。

鮪は目の周りが黒いことから、室町の時代になって「目黒」と呼ばれるようになったが、これが訛《なま》って「まぐろ」と呼び名が変わったといわれている。

「江戸の近くでも鮪が獲れるようになって、ねぎま鍋が茶屋なんかでも出されるようになったがよぉ」

赤身しか食べられることがなく、捨てられていた「とろ」の部分を葱《ねぎ》と一緒に煮た、醤油味の鍋料理である。

とろは、江戸では「だんだら」「ずるずる」などと呼ばれていた。猫さえも食べないといわれたことから「猫またぎ」と呼ばれることもあった。

「十返舎一九《じっぺんしゃいっく》の『東海道中膝栗毛』にも、ねぎま鍋が出てたなぁ」

「おうよ。葱がとろーっと、だんだらに絡みつくのが、たまらねえよなぁ」

「濃いめに作った醤油の汁が、飯にもよぉく合うんだ」

ちはるの鼻先に、こくのある醤油の汁のにおいが漂ってくる――気がした。しんなりした葱の甘いにおいと、鮪の濃厚な旨みのにおいも、よみがえってくる。

それらすべてが混ざり合って、溶け合った汁の味は、どれだけ芳醇《ほうじゅん》な味わいをかもし出すだろうか――ちはるの口の中に、じゅわりと唾が湧き出た。

三人の男たちが口をそろえる。

「あぁ、酒飲みてぇ」

ごくり。

口の中に溜まった唾を、ちはるは飲み込んだ。

三人の男たちも、ねぎま鍋の味を思い出しているように、もごもごと口を動かしている。

ちはるは男たちと顔を見合わせて、互いに笑い合った。

「うちは鮪を多く扱っているから『鮪屋』なんて呼ばれているがよぉ。下魚しか置いてねえのかと、たまに小馬鹿にしてくるやつもいるのさ」

男たちは下ろしたばかりの鮪に目を向けた。

「だけど朝日屋の『玉手箱』が評判になってくれたおかげで、鮪が見直されるかもしれねえと思うと、胸が躍るぜぃ」

「ああ、まったくでぃ。わくわくすらぁ」

「魚河岸ん中でも、藤次郎さんは熱心に鮪の売れ行きを気にかけてくれているがよぉ」

ちはるは首をかしげた。

藤次郎――さっきも鉄太の口から出た名だ。

福籠屋のとばっちりを受けて悪評を受けた鉄太は、藤次郎のおかげで周りの信用を取り戻せたと言っていた。

ちはるは慎介を見上げる。

「藤次郎さんというのは、魚河岸で働く人なんですか?」

慎介はうなずいた。

「本小田原町にある魚問屋、恵比寿《えびす》屋の跡取り息子だ」

鮪屋の男たちが目を細める。

「小せえ頃から、よぉく魚河岸を歩き回ってよぅ。あっちこっちの店に声かけて、魚の様子をじぃっと見ていなさるんでぃ」

「魚河岸には気の荒い男たちも多いがよぉ。なぜか藤次郎さんには、みぃんな従っちまうんだ」

「なぜって、そりゃあ、あれだろ。藤次郎さんは絶対に仲間を裏切らねえからよぉ。恵比寿屋の店先で魚を売っている喜八《きはち》が居酒屋で二本差しに絡まれた時も、いの一番に駆けつけたそうじゃねえか。恵比寿屋の若え衆が加勢にいった時にゃ、すでに二本差しを素手で倒してたんだってなぁ」

「おう、二本差しが刀を抜く前に、のしてたって話だぜぃ。鮪包丁や竹槍を持ってった連中は『出る幕なしだった』と、ぼやいてたんだってなぁ」

藤次郎は相当、腕っぷしが強いらしい。刀を持った侍を相手に、無礼討ちを恐れることなく向かっていくとは――いかつい大男なのだろうか――。

「おっと。噂をすれば、藤次郎さんだぜぃ」

鮪屋の目線を追って、ちはるは振り向いた。

髷《まげ》を鯔背銀杏《いなせいちょう》に結った粋な美丈夫が通りを闊歩《かっぽ》してくる。年の頃は二十二、三か――ちはるが思っていたより若い。

白波模様の入った藍墨茶《あいすみちゃ》色の着物を着流しにし、裾からちらりと紅襦袢《べにじゅばん》を覗《のぞ》かせている。足元は、もちろん下駄だ。

「まるで、伊達男《だておとこ》を演じる役者みたいですねえ」

ちはるが思い描いていた「いかつい大男」とは、まったく違った。日本橋界隈《かいわい》を歩けば、きっと若い娘たちが見惚《みと》れるだろう。

ちはるが感嘆の息を漏らせば、鮪屋の男たちが胸を張る。

「何言ってんだ、逆だぜぃ。役者どもが、魚河岸の男たちの真似をしたのよ」

「そうさ。元禄《げんろく》の世に粋人たちの間で流行《はや》った本田髷《ほんだまげ》だって、もとは魚河岸から始まったともいわれてんだ。魚河岸がある本小田原町の『本』と『田』を取って、本田髷と呼ぶようになったたって話だぜぃ」

じっと見ていたら、藤次郎がこちらへ顔を向けた。

大股で、まっすぐに向かってくる。

「慎介さん」

あっという間に目の前にきた藤次郎が、慎介の真正面に立った。

「鉄太と話をしなすったそうで」

物腰も丁寧で、柔らかい。とても二本差しを素手でのした人物とは思えない。

慎介は苦笑した。

「ずいぶんと耳が早えな」

「ちょうど近くまで来ていたんで、鉄太んところへ寄ったんですよ。鉄太のやつぁ、慎介さんに魚を売らなかったそうですね」

「仕方ねえよ」

慎介は足元に目を落とした。

「あの騒動じゃ、鉄太さんにも、ずいぶんと迷惑をかけちまったそうで――おれは自分のことだけで手一杯で、今日の今日まで知らなかったんだ。何とも情けねえ話だ。藤次郎さんの手もわずらわせちまったらしいじゃねえか。本当に、申し訳なかった」

慎介は深々と頭を下げた。

「やめてくだせえ。顔を上げてくだせえよ」

藤次郎は眉間にしわを寄せて、慎介の肩を叩《たた》いた。

「おれは、たいしたこたぁ何もしていねえんです。ただ、親父に『あれほどの料理を作れる男が、てめえの味をわざと落とす真似をするのか?』って聞いただけなんですよ」

慎介が顔を上げる。藤次郎は満足げに笑った。

「親父は親父で、思うところがありましたようで。問屋仲間と何やら話をしたあと、鉄太を悪く言ったやつらんところへ出向きましてね。『役立たずの目ん玉よぉく見開いて、鉄太の仕事ぶりをしっかり見極めてから、ものを言いやがれ』ってなことを、じっくり言って聞かせたそうですよ」

　鮪屋の三人が、ぶるりと肩を震わせる。

「その『じっくり』ってのが、また、おっかなかったそうで」

「船で沖へ運ばれて、海ん中へ沈められるかと思ったそうですぜぃ」

「おれたちは、その場にいなくてよかったですよ。いたら、小便《しょうべん》ちびってたかもしれねえや」

　藤次郎はからかうような目で三人を見た。

「今の言葉、しかと親父に伝えておくぜ。一助《いちすけ》と二助《にすけ》と岩五郎《いわごろう》が、親父を鬼のような男だと思ってるってな」

　三人は顔を強張《こわば》らせて、ぶるぶると首を横に振る。

　ちはるは鮪屋の男たちの顔を、じっと見た。

　一助、二助とくれば、三助《さんすけ》と続きそうなところだと思ったが、やはり兄弟でもなければ、そんな名づけにはならないだろう――しかし、よく見れば、三人の顔つきはどこか似ている――。

　思わずまじまじと鮪屋たちを見続けていたら、藤次郎がちはるに向かって笑いかけてきた。

「一助と二助が兄弟で、岩五郎は従弟《いとこ》なんだ」

ちはるは思わず「なるほど」と声を上げる。身内であれば、似ていることに何の不思議もない。

「おめえが朝日屋の女料理人、ちはるかい」

藤次郎は感心したように目を細める。女だからと侮っている様子は見えない。

「あたしのことを知っているんですか？」

藤次郎は「当然だ」と言わんばかりの顔で腕組みをする。

「うちから朝日屋までは目と鼻の先だ。おめえたちの話も耳に入ってきてるぜ」

藤次郎は腕組みをしたまま、右手の人差し指を立てた。

「武士の身分を捨てた、元火盗改の旦那《だんな》が主の旅籠とくりゃ、町で酒の肴《さかな》にされるってもんよ」

藤次郎は続けて、右手の中指を立てる。

「家主の望月屋《もちづきや》に娘婿として入った兵衛さんが、朝日屋の後見で――」

藤次郎は右手の薬指を立てた。

「明神《みょうじん》下の水茶屋《みずぢゃや》で茶汲み女をしていた、とても三十路過ぎには見えねえ美人の、たまおが仲居――」

藤次郎は右手の小指も立てた。

「乙姫《おとひめ》一座の人気女形《おやま》だった、綾人《あやと》が下足番で――」

　藤次郎は腕組みを解いて、左手の人差し指を慎介に向けた。

「福籠屋の元店主で料理人の、慎介さんが板長――朝日屋の調理場は、座り板じゃなくて、立って料理をする作りなんだってな。調理場と入れ込み座敷の間には、背の低い簡単な仕切りしかねえから、料理人の仕事が客から丸見えだって話じゃねえか」

　藤次郎の人差し指が、ちはるに向けられる。

「そして本所松井町にあった料理屋、夕凪亭の一人娘だった、ちはる――慎介さんの下で、女だてらに料理人を名乗っているらしいが――おめえは尋常じゃねえくらい鼻が利くんだってな」

　ちはるは思わず身構えた。

「何だって、そんなに詳しく、あたしたちのことを知っているんですか。調べたの⁉」

　藤次郎は笑い声を上げる。

「わざわざ調べなくたって、耳に入ってくるってもんよ。ここは日本橋の魚河岸だぜ。日に千両もの金が動く場所だ」

　藤次郎は辺りを見回して、誇らしげに胸を張った。

「金が動く場所には、いろんな者が集まる。いろんな者が集まれば、当然、いろんな話も入ってくるさ」

ちはるは首を巡らせた。

魚を売る者、魚を買う者たちで、ごった返している――その中で、気安げに談笑している者たちもいた。親しくなれば、食にまつわる話以外にも、さまざまな話題が出るのかもしれない――。

朝日屋も、ちはるが思っていた以上に世間の口に上っているのだろうか。

「せいぜい繁盛して、鮪を出世させてくれよ」

藤次郎は店先に並んだ鮪を見下ろした。

「おれは、こいつらを下魚とは思っちゃいねえ」

藤次郎は、ちはるに目を移した。

「魚に貴賤なし――よく覚えておいてくれ。魚を粗末に扱うやつを、おれは絶対に許さねえからな」

ちはるは真摯にうなずいた。

「よし、わかってりゃいいんだ――」

再び鮪に目を戻した藤次郎が、ぎょっとした顔になった。目を見開いて、唇を震わせている。

「てっ――てめえ――何やってんだ！」

鮪に前足を伸ばしていた三毛猫が、びくっと身をすくめた。

「大事な魚に触るんじゃねえぞ、こらっ。一助、二助、岩五郎、さっさと猫をどけろ！鮪に近づけるんじゃねえっ、馬鹿野郎！」

　さっきまでの穏やかさは消え去り、藤次郎の額に青筋が立った。

　三人は慌《あわ》てて猫を追い払おうと、両手を振って「しっし」と叫ぶ。

　だが猫は逃げない。

　藤次郎は拳を振り上げた。

「早く猫をどかせと言ってんだろうっ」

　一助、二助、岩五郎を蹴り飛ばして、藤次郎は叫んだ。

「大事な商売物を盗《と》られそうになったんだぞ！　もっと鮪に気を遣《つか》え！　猫に舐《な》められてんじゃねえぞっ、馬鹿野郎！」

　尋常ではない剣幕だ。

　藤次郎の魚への思い入れは、これほどまでに熱く激しいのかと舌を巻いた。

　ちはるは猫を相手に、ここまで激しく怒れるだろうか――だが、もし猫に調理場を荒らされてしまえば、せっかく得た客の信用を失ってしまうかもしれないのだ。信用を失うことの恐ろしさは、夕凪亭を乗っ取られた一件で、ちはるも身に染みている。

　これからは、どんなに可愛らしい猫が相手であっても、心を鬼にして厳しく追い払わねばならぬと思った。

商売とは厳しいものなのだ——藤次郎の姿から、ちはるは改めて心に刻んだ。

鮪屋の三人に怖い顔で取り囲まれ、近くの地面を下駄で蹴られて、やっと猫は逃げていった。藤次郎の表情が少しゆるんで、鮪屋たちは「やれやれ」と息をつく。

ちはると慎介は鮪を買うと、朝日屋へ戻った。


「おまえたち、鯵を買うと言って、威勢よく出ていかなかったか？」

調理場へ顔を出した怜治《れいじ》は調理台の上の鮪を見て眉をひそめた。

「昼の賄《まかない》は、鯵の刺身が食えると思ってたのによぉ」

善良な町人に絡む三下《さんした》のように、怜治は口をひん曲げて鮪に顔を寄せ、赤身の塊をじろりと睨んだ。

魚河岸の男衆が荒っぽいとすれば、怜治は柄が悪いのか——比べるのも申し訳ないと、ちはるは呆れた。

顔をしかめて鮪の赤身を睨みつける姿を見れば、怜治が武士だったとはまったく信じられない——火付盗賊改《ひつけとうぞくあらため》、略して火盗改は、拷問《ごうもん》もためらわぬ手荒な詮議《せんぎ》を行うとして町の評判も悪いが、怜治に限っては生まれつき気性が悪いのではないだろうかと思う。

「昼の賄の話をする前に、やらなきゃいけないことはないの？」

ちはるの言葉に、怜治は首をかしげる。

「店の前は綾人が掃き清めたし、店の中はたまおが拭き清めた。主のおれがやらなきゃならねえ仕事は、今のところないはずだぜ。食事目当ての客は、まだ来ねえしよ」

朝日屋は旅籠でありながら、食事だけの客も受け入れている。慎介の腕に惚れ込んでいる兵衛が、食事だけの客も受け入れるよう提案したのだ。

朝日屋は、美味い料理で客を呼ぶ——。

料理宿として、朝日屋は出発していた。

「今日は、お客に、ねぎま鍋を出します」

慎介の言葉に、怜治は鮪を凝視しながら唸った。

「ねぎま鍋を肴に、一杯やるのもいいか……」

ちはるは目を尖《とが》らせた。

「あんたは、お客じゃないでしょう！」

「うるせえなあ」

怜治は耳の穴に指を突っ込んだ。

「主を敬う気持ちが、おまえにはねえのか」

ちはるは眉根を寄せた。

「心の底から敬える、きちんとした主になっていただきたいものですねえ」

怜治は面倒くさそうに顔をしかめた。

「何だ、その刺々《とげとげ》しい言い方はよぉ。魚河岸の荒っぽい男どもから、気の強さを移されてきたんじゃねえのか？」

言い終わってすぐ、怜治は首を横に振った。

「いや、ちはるの気の強さは生まれつきか——船頭たちが出入りする店で育ったから、こんなふうになっちまったのかねえ。船頭たちも、気性の荒い連中が多いだろうからなあ」

怜治はちはるを見下ろして、大げさなため息をつく。

「どうせなら辰巳《たつみ》芸者みてえに、もっと粋な女に育てばよかったのによぉ」

辰巳芸者は、深川芸者の別名だ。深川が江戸の辰巳の方角にあったので、この名がついた。羽織芸者とも呼ぶ。

男のように地味な着物と羽織をまとって宴席に出る辰巳芸者の売りは、意地と俠気《きょうき》だ。気の強さも相当なものだろう。

怜治は腕組みをして唸った。

「十七にもなって、このざまじゃあ……」

再び大きなため息をつく。

「顔立ちはまったく悪くねえのに、いろいろ残念だよなぁ」

ちはるは、むっと唇を尖らせた。

慎介が咳払いをする。

怜治は鮪の赤身に目を戻した。

「で、こいつはどうするよ。ねぎまに使うのは、だんだらだろう？」

「刺身にして、賄に出します」

「だろうな」

怜治は納得顔でうなずいた。

「鮪づくしじゃ、嫌がる客もいるだろうしな。うちは高級な宿じゃねえが、場末の立ち飲み居酒屋とも違うんだからよ。今は工面《くめん》が厳しくても、それなりの料理を出さなきゃならねえ」

「賄に出してみて、みんなが美味いと言ったら、鮪の刺身も客に出そうと思っています」

「へえ？」

怜治は面白がっているように目を細めた。

「煎り酒《いりざけ》以外の食い方に、何か心当たりがあるのか？」

江戸では刺身を食べる時、煎り酒が多く使われている。煎り酒の他には、わさび酢や生姜酢、辛子酢《からしず》、蓼酢《たでず》などが用いられる。

「もちろん醤油だって珍しくはねえぞ」

「塩鮪にします」

慎介の言葉に、ちはるは目を見開いた。

「刺身の塩漬けですか――遠くから運ばれてくる鮪を塩漬けにした『塩鮪』は、昔からありますけど――それは生のまま食べるわけじゃありませんよね」

慎介はうなずいた。

「刺身の場合は、そんなにじっくり塩に漬け込まなくていいと思う。塩をまぶして、四半時（約三十分）も寝かせておけばじゅうぶんだろう。夏場じゃ試せねえが、冬の今なら大丈夫だ」

善は急げといわんばかりに、さっそく慎介は短冊状の塊にした鮪の赤身に塩をまぶした。裏表まんべんなく塩をまぶして、皿の上に置いておく。

「江戸で好まれる魚は白身だ。鮪の赤身を『生ぐさい』と嫌うやつもいるが、こうして塩をまぶして、わさびを多めに載せれば、じゅうぶん酒の肴になると思う。くさみを感じなければ、飯と合わせたっていいだろう」

しばらくすると、塩がまぶされた鮪の赤身から水気が出てきた。特段おかしなにおいはしないが、どうしても「魚の肉から出てきた汁」という感が、ちはるの鼻先にわずかにまとわりつく。

「皿を、ななめにしておけ」

「はい」

皿の下端に布巾を入れて、ななめにする。これで不要な水気を切るのだ。

四半時足らずのところで、赤身の端に慎介が包丁を入れた。薄く引いた刺身をひと切れ、水で洗って塩を流す。布巾で軽く押さえて水気を取ると、慎介は口に入れた。

「うん――もういいな」

慎介は赤身の塊すべてを水でさっと洗って、塩を流した。布巾で水気を取ってから、刺身を引いていく。

皿に盛られた刺身を、慎介が差し出してきた。

「まずは、このまま食ってみろ」

ひと切れ、箸で取った。

新鮮な赤身の香りが、力強く「さあ食え」とでも言っているかのように、ちはるの鼻先に迫ってくる。海から船に上げられて間もない鮪が、びくびくと全身を跳ね上げている活きのいい姿が、ちはるの頭に浮かんだ。

ちはるは刺身を口に入れる。

「あっ――」

しっかりと塩の味が染み込んでいた。赤身の旨みと塩の味が、しっかりと混ざり合って、舌に染み込んでくる。好みもあるだろうが、においと同様に味も、ちはるはまったく生ぐさいと感じなかった。

慎介が、わさびを下ろした。清涼な香りが辺りにふわっと広がって、つんと鼻を突いてくる。

わさびをひとつまみ刺身に載せて食べれば、わさびの香りが、くっと鼻から抜けていった。一瞬遅れて、わさびの辛みと鮪のこくが口の中いっぱいに広がる。まるで海の幸と山の幸を同時に口の中に閉じ込めたみたいだ。

確かに、鮪は下魚などではない。立派な料理になり得る魚だと、ちはるは思った。

「わさびを添えたほうが、より美味しいですね。ねぎま鍋と一緒に出しても、さっぱり味わえるんじゃないですか？」

怜治が怒ったような顔で手を伸ばしてきた。

「早く、おれにも食わせろ！」

奪うように皿を取ると、わさびを載せて刺身を頬張った。

「おっ――」

口の中に刺身を入れたまま、怜治が目を見開く。無言で咀嚼《そしゃく》して、ごくりと飲み込んだ。続けて、もうひと切れ、ふた切れと、食べ続ける。

ちはるは慌てて皿を取り上げた。

「もう駄目よ！　たまおさんと綾人にも食べてもらうんだから――」

「あら、お呼びかしら？」

調理場の前に、たまおと綾人が並んだ。二人とも、にこにこしながら、ちはるが手にした皿を見ている。

「朝日屋では、作った料理の味見はみんなでする決まりですものねえ」

たまおは微笑みながら、怜治を見やる。いつ誰が何を客に聞かれても困らないようにというのが、板長である慎介のやり方なのだ。

「怜さまが一人で全部食べてしまっては困ります」

綾人が即、同意する。

「怜治さんより、わたしたちのほうが、お客と接する機会は多いんですから。たとえ怜治さんが食べなくても、わたしたちは食べておかなければいけません」

怜治はぎろりと綾人を睨みつけた。

「おれが食わないなんて、あり得ねえだろう」

綾人は肩をすくめて、たまおと顔を見合わせた。

ちはるは刺身の皿を、たまおと綾人に差し出す。

「どうぞ、わさびだけ載せて食べてみてください」

たまおと綾人は興味津々の顔で刺身を口に入れた。

嚙みながら驚いたように目を瞬かせていた二人の口元が、ゆっくりとゆるんでいく。二人は満面の笑みを浮かべて、もうひと切れ頰張った。

たまおがうっとり目を閉じる。

「うーん、美味しいわぁ」

綾人は皿を見つめて、感嘆の息をついた。

「絶妙な塩加減でしたね」

慎介が嬉しそうに目を細める。

「じゃあ客に出すってことでいいな?」

一同はそろってうなずいた。

怜治が皿の上にまだ三切れ残っている刺身を指差す。

「めでたく全員が味見をしたってことで、それは主のおれが食っちまうぜ」

「ちょいとお待ち!」

曙《あけぼの》色の暖簾《のれん》をかき分ける一陣の風のように、表口から兵衛が飛び込んできた。

「わたしをのけ者にするとは、いったい、どういう了見だいっ」

兵衛は勢いよく調理場に駆け込んでくると、怜治が再び手にした皿を奪い取った。

「まったく、油断も隙もありゃしないんだから」

調理台の上にあった箸をつかむと、兵衛は大口を開けて刺身をひと切れ頬張った。

「うぅん、これはいいねえ」

あっという間に、すべて平らげてしまう。

「鮪を上手く使えば、ご近所衆がもっと気軽に食べにきやすい値段の料理を増やせるかもしれないねえ。それに、一時に比べりゃ大勢が食事にきてくれるようになったとはいっても、まだ泊まり客はたった一人だけなんだから。やっぱり、いろいろ考えないと」

たった一人の泊まり客とは、小田原の蒲鉾《かまぼこ》屋で働いている伝蔵《でんぞう》である。火事で亡くした妻子との約束を果たすため、江戸へ紅葉《もみじ》狩りにきた。

とはいえ、赤く色づく頃にはまだ早く、青い紅葉しか見ることができなかったのだが――それを見納めに、妻と子のあとを追うつもりだったようだ。

しかし、人参や南瓜《かぼちゃ》の飾り切りで作った煮物、紅葉 蛤《はまぐり》などを載せた『紅葉の宴』の膳を食べた伝蔵は、朝日屋の心づくしの料理に胸を打たれ、また前向きな気持ちになって小田原へ帰っていったのだった。

兵衛は明るい表情で一同を見回した。

「みんなで頑張るしかないよ。自信を持って日々やっていれば、きっと、そのうちに泊まり客も増えるさ。近所の人たちの理解も得られてきたんだし――」

慎介の顔を見て、兵衛は言葉を切った。

「何で、そんな暗い顔をしているんだい？」

一同の目線が慎介に集まる。慎介はうつむいて、両手の拳を握り固めていた。

怜治が腕組みをして、ちはるに顔を向ける。

「魚河岸で、何かあったたな？」

慎介をのぞく一同の目線が、今度はちはるに集まる。

「言え」

怜治の鋭い声が、ちはるに飛んだ。

ちはるは慎介の顔をちらりと見る。慎介は黙って床に目を落としたままだ。口止めはされない。

ちはるは口を開いた。

「実は、鉄太さんという人が……」

魚河岸での経緯を話し終えると、一同は複雑そうな表情で口を引き結び、それぞれ宙を睨んだ。

「仕方ねえな」

最初に口を開いたのは怜治だ。

「評判なんて、あとからついてくるもんだ。気にし過ぎていたって、物事は進まねえ」

怜治が慎介の顔を覗き込む。

「おめえだって、見返りを求めて料理を作っているわけじゃねえだろう?」

「そりゃあ——」

顔を上げた慎介が言い淀《よど》む。

「だけど商売なんだ。悪評が残っているのは……」

「そいつぁ、これからの仕事ぶりで何とかするしかねえな」

怜治は他人事のように軽く言って笑った。

「ま、食事だけの客でも大勢来るようになったんだ。大きな進歩じゃねえか」

兵衛が同意する。

「やっぱり、ここは頑張りどころだよ。きちんとした仕事をしていれば、いずれ悪評も消えていくさ。みんなの働きぶりを見てもらうしかないね」

たまおと綾人もうなずいた。

慎介はおのれの不甲斐なさを嚙みしめるように、唇を嚙みしめている。

ちはるの頭に、魚河岸で鉄太に向かって深々と頭を下げていた慎介の姿がよみがえってきた。

福籠屋に降りかかった災難が、鉄太にまで飛び火していたと今日初めて知って、慎介はどれだけ気落ちしていることか――。

慎介が左手で右腕を押さえた。右袖に寄ったしわが、波立つ慎介の心を表しているように見える。

もし、ちはるの実家である夕凪亭が同じ状況に陥っていたら――と、ちはるは考えた。

夕凪亭に立てられた悪評は、得体の知れないところから、ひどい食材を仕入れているというもので、つき合いのある仕入れ先を巻き込まなかった。

太も白い目で見られた。

それが慎介の場合は、魚を仕入れた相手が鉄太だと、はっきりわかっている。だから鉄太も白い目で見られた。

もし、夕凪亭を襲った騒動が、他の誰かも巻き込んでしまっていたら――。

まずは混乱して、動揺するだろう。

そして「夕凪亭のせいで」と責《せ》められたら、「自分たちだって濡れ衣を着せられたんだ！」と叫びたい衝動に駆られるかもしれない。実際、何の咎《とが》もなかったのだから。

いや、久馬を夕凪亭に迎え入れてしまったことが、唯一で最大の過ちだった――いまいましいが、あの時の久馬は「夕凪亭の料理人」であり、世間から見れば、奉公人という立派な身内だったのだ。

火盗改までやってくる事態となっては、やはり「ご迷惑をおかけいたしました」と頭を下げるしかないだろう。

店を追われたあとは、好奇の目を避けながら、貧乏長屋でひっそりと暮らしていただけだったが……。

ちはるは本所にあった夕凪亭の暖簾を思い返した。

川風にひるがえる紺藍《こんあい》――。

今では、久馬が営む真砂庵《まさごあん》の緋色《ひいろ》に取って代わられている。

いつか店を取り戻したいと願っても、女の細腕で叶うかどうか――それでも、きっと、いつか――と夢を見る。

一陽来復《いちようらいふく》。

明けない夜はないのだから。

ちはるは慎介を見つめた。

夕凪亭は消え失せ、両親も死んだ。福籠屋はなくなったが、慎介は今ここにいる。

慎介に対する鉄太の誤解だけは解きたいと、ちはるは強く思った。

――朝日屋なんかやめちまえ。未練たらしく料理にしがみついてないで、さっさと包丁を手放せよ――。

あんなことを言われて料理を作り続けるのは、つらいはずなのだ。


仕込みを終えると、ちはるは魚河岸へ向かった。

朝市の喧騒は消え、のんびりとした気配が漂っている。魚を売り切って、あと片づけをしている店も多くあった。

鉄太の店も、すでに魚はなくなっていた。板舟を洗い流しているところへ顔を出せば、露骨に嫌な顔をされる。

「何度来たって、おれの気持ちは変わらねえぜ。おれは慎介さんを許さねえし、朝日屋には魚を売らねえ」

「そんなこと言わずに――」

鉄太の目がますます険しくなった。ちはるは口をつぐむ。

何をどう言っても、鉄太にとっては、ただの言い訳にしか聞こえないだろう。

突然濡れ衣を着せられた無念は、ちはるにもよくわかる。

それは慎介も同じだと何度訴えても、慎介のせいで巻き添えを食った身としては、とうてい受け入れがたいだろう。

ちはるは背筋を伸ばして、真正面から鉄太の顔を見た。

「朝日屋の料理を食べにきていただけませんか？」

鉄太は眉間にしわを寄せる。

「もてなして、機嫌を取ろうってえのかよ」

「違います」

ちはるは強く言いきった。

「鉄太さんは、自分が売る魚に自信を持っているんでしょう？」

鉄太の眉間のしわが、ますます深くなった。

「何だと？　てめえ、おれに喧嘩《けんか》売ってんのか、こら。おれが活きの悪い魚を店に並べるわけがねえだろう」

睨みつけてくる鉄太の眼差しを、ちはるはじっと見つめ返す。

「魚の目利きを自負しているんなら、魚を使った料理を食べれば、当然その良し悪しもわかりますよね？」

「あたぼうよ」

艶のある低い声が、ちはるを責めるように、耳の奥深くまで響いた。

鉄太は吐き捨てるように、へっと荒く息を吐き出す。

「魚の下ろし方が上手いか下手かまで、みぃんなわかっちまうわな」

「じゃあ、朝日屋に食べにきてください」

ちはるは深々と頭を下げた。

「お願いします」

鉄太の下駄を目の端に入れながら、ちはるは兵衛の言葉を胸の中でくり返していた。

――ここは頑張りどころだよ。きちんとした仕事をしていれば、いずれ悪評も消えていくさ。みんなの働きぶりを見てもらうしかないね――。

朝日屋の料理を食べてもらえれば、きっと慎介の仕事ぶりをわかってもらえるはずだ。慎介の仕事ぶりがわかってもらえれば、慎介がどれだけ丁寧に食材を扱っているか――鉄太が売った魚をどれだけ大事に料理していたかも、わかってもらえるはずなのだ。

現に、慎介を誤解していた近隣の人々は、朝日屋の料理を食べて、慎介の仕事ぶりを確かめ、かつての悪評をその胸の内から振り払ってくれた。そして初めての泊まり客である伝蔵が江戸へ着いて宿を探していた時に、朝日屋を薦めてくれたのだった。

慎介が作った料理を食べれば、きっと鉄太も――。

「その手には乗らねえぜ」

鉄太の冷たい声が、ちはるの頭上に落ちる。

「おれは懐柔なんかされねえ」

ちはるは顔を上げた。

「そんなつもりは――」

「どんなつもりでも、おれには関わりのねえこった」

しつこく魚にまとわりつく蠅《はえ》を追い払うかのように、鉄太は右手を激しく横に振った。

「邪魔だ。さっさと帰れ」

鉄太はちはるに背を向けて、板舟の掃除に戻る。

その後ろ姿に一礼して、ちはるは踵を返した。


「色よい返事がもらえなくて、残念だったな」

魚河岸を出たとたん、藤次郎に声をかけられた。室町一丁目の大通りである。

買い物客らでにぎわう小間物屋の壁にもたれて、退屈そうに腕組みをしていた。

「見ていたんですか？」

ちはるが足を止めると、藤次郎は紅襦袢の裾をひらりと覗かせながら大股で歩み寄ってきた。

「鉄太の声はよく通るからなあ。しかし、親方のために頭を下げるとは、いい心がけじゃねえか」

「別に、慎介さんのためだけじゃありませんよ」

「ほう？」

「慎介さんを誤解されたままじゃ、あたしが嫌なんです」

ちはるは再び歩き出した。藤次郎がついてくる。

「朝日屋の主も奉公人も、みぃんな、わけありだってな。だから結束が強えのか」

ちはるは歩きながら首をかしげる。

「さあ、どうでしょう――わけありじゃなきゃ、みんな朝日屋に集まらなかったのは確かですけど――わけがなくっちゃ相手のことを考えなかったのかというと、それも違う気がします」

ちはるは藤次郎を見上げた。

「魚河岸の結束だって固いんじゃありませんか？　お侍に絡まれた仲間を助けに、居酒屋へ駆けつけたんですよね？」

藤次郎は口の端で笑う。

る。


「別に、たいしたことじゃねえよ」

照れたように顔を右へ向けたと思ったら、藤次郎はそのまま右へ寄っていった。

「おれは、こっちに用があるんだ。じゃあ、またな」

ここは室町三丁目――藤次郎が向かった先には浮世小路があり、浮世小路には百川がある。


藤次郎が向かった先は百川であろうかと何となく思いながら、ちはるは通りを進んだ。

百川の料理人、仁平に朝日屋を馬鹿にされたことが頭によみがえってくる。

――美味い料理で客を呼ぶなどと言っているらしいが、しょせんは旅籠――百川と同じ土俵に上がれるだなんて夢にも思うんじゃねえぞ――。

ちはるは、ふんっと鼻息を荒くしながら左へ曲がった。

曙色の暖簾がはためく、朝日屋が見えてくる。

生まれたての優しい朝の光を留めたような暖簾を見つめて、ちはるは息を落ち着けた。

初めての泊まり客である伝蔵が、新しい日々へ向かって力強い一歩を踏み出していった時の光景を思い返す。

よそはよそ、うちはうちだ――。

朝日屋にしかできないことが、きっとあるはずなのだと、ちはるは自分に言い聞かせて勝手口へ回った。

調理場に入ると、慎介が包丁と小蕪《こかぶ》を手にしていた。いくつもの小さな切り込みを小蕪に入れている。

「遅くなって、すみません」

慎介は手を止めぬまま「おう」と答えた。

「思ったより早かったな。もう少しゆっくりしてきても、よかったんだぜ」

慎介の声が優しく響く。

「仕込みが終わったあと、ちはるはご両親の墓参りへいったと、ちゃんと怜治さんに聞いているからよ」

ちはるは入れ込み座敷に目を向けた。怜治がにやりと笑っている。

包丁を動かし続けている慎介は、ちはるの目線にも、怜治のしたり顔にも、まったく気づいていない。

「墓参りにいきたい時は、遠慮しないで、いつでも言いな」

「はい……ありがとうございます」

ちはるは慎介の手元を覗き込んだ。

「その蕪は、どうするんですか？」

「出汁《だし》で煮て、海老のそぼろ餡をかける」

「味がよく染みるように、切れ込みを入れているんですね？」

「おう。それに、花のつぼみみてえだろう？」

ちはるは小蕪を見つめて、うなずいた。

確かに、白い花のつぼみのように見える。慎介が入れた切り込みは、つぼみの重なり合う花びらを表していた。

「万が一にも『朝日屋は、安い鮪の膳で儲《もう》けようとした』なんて客に思われちゃならねえからよ」

慎介は苦笑する。

「もちろん、美味い物をお出しして、味で納得させればいいんだがよ――少しでも喜んでいただけるように、できることはしてえと思ってな」

慎介は調理台の上の桶を顎で指した。中を見れば、烏賊《いか》が入っている。

「鮪と一緒に盛りつけて、紅白の刺身にしようと思ってよ」

「何だか、おめでたいですね」

慎介は笑いながらうなずく。

「これで鯛がありゃ、なおよかったんだが――あいにく今日は手に入らなかったからよ」

ちはるは小蕪に目を戻した。

「あたしにも、やらせてください」

慎介と並んで、小蕪に切り込みを入れていく。

「福籠屋の時はともかく、朝日屋じゃ、百川みてえな高級な料理は出せねえがよ。手間を惜しまず、心を込めるってことだけは、どこにも負けちゃならねえと思っているんだ」

「はい――」

「いや、どこかの誰かと比べてもいけねえな。今日の自分は手を抜いていねえかどうか、常に昨日までの自分と比べていなきゃならねえんじゃねえのか」

「はい……」

慎介は独り言《ご》つように続ける。

「怪我をする前の自分には戻れねえが――初心には、いつでも戻ることができるはずだよな」

慎介は小蕪をまな板の上に置いた。

白いつぼみが見事に作り上げられている。

「よく見ろ」

ちはるは自分の手の中の小蕪と、まな板の上の小蕪を見比べた。

似て非なるもの――。

慎介が作った小蕪のつぼみからは、今まさに咲き始めようとするような、植物の生気が放たれている。それに対して、ちはるが作った小蕪のつぼみは、人の手で収穫されて根や葉を失った、青物の塊であった。

ちはるは愕然《がくぜん》とした。

「もっと感じろ」

慎介の声が胸の奥に突き刺さってくる。

「鼻だけに頼るな。目や、耳や、心を、もっと使うんだ」

ちはるは唇を引き結び、うなずいた。

生き方を問われている気がした。


夕膳の支度が整えば、綾人が表の掛行燈《かけあんどん》に火を灯す。食事処を開く合図だ。

いそいそと入ってくる馴染み客たちを、ちはるは調理場に立って迎えた。

下足番の綾人が客を入れ込み座敷へ案内し、たまおが酒と膳を運んでいく。

小松菜《こまつな》の煮浸し、塩鮪と烏賊の刺身、小蕪の海老そぼろ餡かけ、玉手箱を模した包み揚げ、ねぎま鍋、白飯に、最後の菓子は羊羹《ようかん》――。

客たちは運ばれてきた膳に目を凝らす。

「おっ、今日は鮪づくしかい」

「朝日屋は一汁四菜が基本だが――ねぎま鍋があるから、今日は汁椀なしかい」

「このねぎま鍋は、その辺の腰かけ茶屋と同じ味じゃあないだろうねえ」

だんだらと葱を一緒に頰張った客たちの声が止まった。

「うっ――」

短い唸り声のあと、入れ込み座敷に沈黙が落ちる。

ちはるは眉間にしわを寄せた。

まさか、不味いのか――？

「うめえじゃねえか！」

入れ込み座敷の声が重なった。

「何だよ、この『だんだら』の口当たり。ほろりと口の中で溶けていくようだぜ」

「冷えてきたから、やっぱり、あったけえ鍋物はいいよなぁ」

「濃い煮汁の味に、酒が進むぜぃ」

「塩で食べる刺身も乙なものよ。烏賊のほうは、煎り酒かい」

ちはるは、ほっと安堵の息をついた。

たまおが入れ込み座敷を見回して、客に膳が行き渡っているかどうか確かめる。

「塩鮪の刺身は、お代わりできるかい？」

「おれは、この包み揚げをもうひとつ食いてえ」

追加の注文を受けて、たまおが調理場の慎介を見る。慎介がうなずいた。たまおはうなずき返して、客に向き直る。

「追加のご注文をお受けいたします。少々お待ちくださいませ」

慎介が刺身を引き、ちはるは包み揚げに取りかかった。

新しい客が入ってきて、新しい膳も作る。

ふと目線を感じて顔を上げれば、いつの間にか入れ込み座敷に藤次郎がいて、調理場をじっと見ていた。

魚河岸の者たちすべてに試されているような心地になって、ちはるは思わず、ごくりと唾を飲んだ。

「止まるんじゃねえぞ」

つい手を止めてしまいそうになった時、隣に立つ慎介に小さな声で叱られた。

「相手が誰であっても、客は客だ。いつもと何も変わらねえ」

「はい」

ちはるは大きく息を吐いた。

相手が誰であっても、客は客――そんな当たり前のことを忘れてしまいそうになるなんて――。

ちはるは目の前の食材に気を集めた。

包み揚げの皮は、紙のように薄く焼き上げる――焼き鍋の上に薄く伸ばした種が焦げぬよう、破《やぶ》けぬよう気を配りながら、手早く慎重に引っくり返した。

焼き上げた薄皮の中に、しめじ、椎茸、茄子、鮪の解《ほぐ》し身を混ぜて作った醤油味の餡かけを包み込んで、四角い箱のような形に整える。

こんがり狐色になるまで胡麻油《ごま》で揚げたら、でき上がりだ。

ぱちぱちっと胡麻油が爆《は》ぜた。香ばしい香りが揚げ鍋から調理場へ、そして入れ込み座敷へと広がっていく。

すでに包み揚げを食べ終えている者も、入れ込み座敷でごくりと喉《のど》を鳴らした。

「おれも、もうひとつ頼まぁ」

「こっちもだ」

「かしこまりました」

からりと揚がった包み揚げが、次々と運ばれていく。

ちはるが顔を上げれば、入れ込み座敷に座った藤次郎は箸でつかんだ鮪の刺身を真剣な表情で凝視していた。


店じまいのあと、ちはるが流し場のあと片づけをしていると、怜治がやってきた。

「恵比寿屋の倅《せがれ》が来ていたな」

ちはるはうなずく。

「黙々と食べて、帰っていったみたいだけど――何か気になることがあるの？」

怜治は「いいや」と、あっさり首を横に振る。

「ただ、面白れぇ顔をして食っていやがったからよ」

ちはるは首をかしげた。

「面白れぇ顔？」

怜治は答えずに、にやりと笑う。

「明日も鉄太のところへ行くつもりなんだろう？」

「そうだけど――今日の昼間は、あたしが両親の墓参りへいったと、慎介さんに言ってくれたそうね」

怜治は肩をすくめる。

「本当のことを言えば、慎介のやつぁ、おまえを止めるだろう。しばらくの間は、たまおと綾人にも、ごまかすよう言っておく」

じゃあなと踵を返す怜治の背中に、ちはるは思わず問うた。

「やめろって、禁じないの？」

怜治は背中を向けたまま、ひらひらと手を振った。

「禁じる理由がねえだろう」

安堵したものの、肩透かしを食らったような気分になって、ちはるはうつむいた。

何でもかんでも頭ごなしに反対するわけではないという怜治の人柄は、もうとっくにわかっているはずなのに――。

翌朝も、ちはるは慎介に連れられて魚河岸へ行った。

目についた魚の前で立ち止まり、においを嗅いでいく。

獲れたての、みずみずしいにおいを放出させている魚もあれば、まだ顔をしかめるほどではないが、確実に腐敗へ向かっているにおいを漂わせている魚もある。

慎介の厳しい眼差しを感じて、ちはるは背筋を伸ばした。

「鼻だけに頼るな」という慎介の言葉が、頭の中で大きく響き渡る。

――目や、耳や、心を、もっと使うんだ――。

もっとよく見なければならぬと、ちはるは魚に目を凝らした。

黒目の具合や顔つき、体の盛り上がり方や尾の様子を、しっかりと目に焼きつけていく。

慎介の眼差しが、ふとやわらいだ気がした。

大丈夫――間違っていないんだと、ちはるは心強くなる。

気になった魚を片っ端から見ていった。もちろん、においを嗅ぐことも忘れない。

どうしても、鉄太の店の魚が気になった。

鉄太の店に置いてある魚たちは、どれもみな「おれは美味いぜ。食ってくれ！」と叫んでいるように見える。

だが慎介は素通りしていく。

明らかに、鉄太に遠慮しているのだ。どうせ拒まれるのだからと、最初から鉄太の店で買うことをあきらめてしまっているのだ。もう二度と鉄太をわずらわせてはならぬと固く心に誓い、避けているのかもしれない。

慎介は今日も他の店で魚を買った。

朝日屋へ戻り、仕込みを終えたあと、ちはるは再び魚河岸へ向かった。


「本っ当に、しつけえなぁ」

いら立ちをあらわに睨みつけてくる鉄太の眼差しを、ちはるは真正面から受け止めた。

「毎日でも来ます」

「何だとぉ⁉」

鉄太は顔を真っ赤にして、鼻の穴を膨らませた。

「仏の顔も二度までだぞ、てめえ」

「いえ、それは『三度』の間違いです」

隣の店の仲買人が、くすくすと笑い出した。

正しくは「仏の顔も三度撫ずれば腹立つ」である。仏のように慈悲深い人物であっても、無法な真似をたびたびされれば怒る——という意味だ。

「間違いじゃねえ！　最初っからわかってんだよ、んなこたぁ！」

鉄太は隣の店の仲買人をぎろりと睨みつけてから、ちはるをじろりと見下ろした。

「何度来たって、おれは朝日屋の料理なんか絶対に食わねえぞ。たとえ天変地異が起こっても、この意志だけは曲げねえ」

鉄太は腕組みをして胸をそらした。

「邪魔だ。さっさと帰れ」

ちはるは首を横に振った。

「あたしだって、あっさり引き下がるわけにはいきませんよ」

鉄太の口元が、ひくひくと動いた。

「てめえ、痛い目に遭わせてやろうか」

ちはるは負けじと、鉄太を睨み返した。

「脅《おど》せば逃げると思ってるの⁉　冗談じゃないわ！」

おまえの父親に貸した金を返せと、貧乏長屋に押しかけてきた借金取りたちを思い返す。『本所の白狸《しろだぬき》』こと留五郎《とめごろう》――魑魅魍魎《ちみもうりょう》がうごめく濁《にご》った沼のような、やつの目に比べれば、鉄太の睨みなど怖くないと、ちはるは自分に言い聞かせた。

不意に背後で笑い声が響く。

「鉄太、ちはるを甘く見ねえほうがいいかもしれねえぞ」

振り向けば、紅襦袢の裾を風にひるがえした藤次郎が楽しそうに笑っていた。

「ひょっとしたら、魚河岸の女衆に勝るとも劣らぬ根性の持ち主かもしれねえ」

鉄太は眉間に深いしわを寄せて、藤次郎を見た。

「冗談じゃねえよ、藤次郎さん。こいつに、姐《ねえ》さんたちほどの器があるもんか。人の迷惑も顧みずに、二日続けて押しかけてきてるんですぜ」

「慎介さんのために、それだけ必死だってこった」

藤次郎は目を細めて、ちはるを見下ろした。

「こいつの必死さに免じて、一度、朝日屋に行ってみちゃどうだい」

藤次郎は、鉄太に目を移す。

「昔、恵比寿屋に奉公していた時、鉄太はおれに言ったじゃないか。『何事も、ちゃんと自分の目で確かめなきゃいけませんよ』って」

「確かめましたよ」

鉄太は強い眼差しで、藤次郎を見つめ返した。

「夕べ、藤次郎さんの誘いを断ったあと――思い直して、朝日屋へ行ったんです」

ちはるは鉄太の顔を凝視した。料理に夢中だったためか、鉄太が来ていたことにまったく気づかなかった。

藤次郎が首をかしげる。

「入れ違いになったのか」

鉄太は首を横に振った。

「おれは下駄も脱がずに、すぐ帰っちまったんです。藤次郎さんは戸口に背を向けて座っていましたから、気づかなかったんでしょう」

藤次郎が眉をひそめる。

「何で、食わなかったんだ？」

「食う気になんか、なれませんでしたよ。偉そうなことを言って、慎介さんは、包み揚げの皮を自分で焼いていなかったじゃありませんか。低い仕切りの向こうにある調理場を、おれはちゃんと見ていたんだ」

鉄太は、ふんっと鼻息を飛ばした。

「まったく情けねえ。何が『料理人をやめることだけはできねえ』だ。あの包み揚げは、皮の薄さが決め手だろう？　その大事なところを、まだ日の浅い弟子に任せっきりで、何やってんだよ⁉」

鉄太は侮蔑のこもった目で、口元をゆがめた。

「何が『死ぬまで向かい続ける覚悟』だ。何が『逃げるわけにはいかねえ』だ。包み揚げの皮一枚焼くのからも、逃げているじゃねえかっ」

「違います！」

ちはるは叫んだ。

「慎介さんは逃げているんじゃありません！　あたしを信じて、任せてくれたんです！」

ちはるは大きく一歩前に出て、鉄太に詰め寄った。

「今までと同じように右腕を——利き腕を動かせなくなってしまったから、仕方なく——それでも今できる精一杯の料理を作ろうとして、慎介さんは毎日、調理場に立っているんです」

鉄太の目が動揺したように揺れる。

「利き腕の怪我は、すっかり治ったんじゃねえのかよ。だから、また調理場に入ったんじゃ——」

ちはるは首を横に振った。

「慎介さんの腕は、きっと、もう元通りにはなりません」

「えっ——」

鉄太は困惑顔になる。

「怪我なんか、全然たいしたことなかったって聞いたぜ。福籠屋が駄目になったあとも、できるだけ楽をして儲けを出したいから、同じ場所でまた商売を始めたんだろう？」

「悪評を断ち切るなら、夜逃げしてでも、別の場所で出直したほうが楽なんじゃありませんか」

ちはるの言葉に、鉄太は「うっ」と短く唸る。

「兵衛さんという後ろ盾があるから、あの場所にしがみついたほうが得だと考えたんじゃねえのか？」

「損得なんかじゃありませんよ。兵衛さんに説得されたんです。それで慎介さんは主の座を明け渡して、ただの料理人となったんですから」

鉄太は目を泳がせた。

「あれは周りを欺《あざむ》くための方便じゃ——元火盗改なんか、ただのお飾りだろう？」

「怜治さんは確かに胡散《うさん》くさいですけど、朝日屋の主であることに間違いはありません」

鉄太は、ちはるから顔をそらした。その目線の先に、ちはるは回り込む。

「お願いします。慎介さんがまっとうな仕事をしているってこと、どうかその目で確かめにきてください！」

ちはるは深々と頭を下げた。

鉄太さんが「うん」と言ってくれるまで、絶対にあきらめない——心の中でくり返し叫びながら頭を下げ続けていると、藤次郎が「おい、鉄太」と呼びかけた。

「おめえが昔おれに言った『ちゃんと自分の目で確かめなきゃ』ってえのは、外側からだけ物事を見て、自分が信じたいように決めつけるってことなのか？」

ちはるの目の中で、鉄太の下駄がもぞもぞと小さく地面を蹴った。

「違いますよ……」

弱々しい鉄太の呟きに、ちはるは顔を上げた。鉄太は目を伏せて、ばつが悪そうに顔をしかめている。

ちはるは胸の前で両手を握り合わせた。

「お願いします。朝日屋に、食べにきてください」

鉄太はため息をついた。

「おめえにとって慎介さんは、そんなにいい師匠なのかい」

「はい」

ちはるは即答する。

「それに、慎介さんだけじゃなく、あたしにも、朝日屋の他に居場所はないんです」

鉄太がちらりと、ちはるを見た。

「朝日屋を誤解されるのは、つらいです」

鉄太は口を「へ」の字に曲げて、後ろ頭をかいた。その背中を、藤次郎が励ますように叩く。

「元通りにならねえ腕で料理人を続けようだなんて——よっぽど料理が好きなんだなあ」

鉄太は無言で小さくうなずくと、店の奥から木箱を抱えてきた。鰺がびっしりと並んでいる。

藤次郎が眉根を寄せた。

「そいつは取り置きの品じゃねえのか」

鉄太は答えずに、まっすぐ、ちはるを見た。

「どれがいい鯵か、わかるか」

ちはるは目を凝らして、一匹ずつ鯵を見ていく。

鉄太の店の鯵は、どれも立派だ。この中に、いい鯵と悪い鯵があるのか――？

「よく見ろ」

鉄太の言葉が、ちはるの胸の奥にぐっと入り込んできた。

よく見ろ――。

小蕪のつぼみを作った時にも、慎介に同じことを言われた。

ちはるは鯵に向かい合う。

黒目の輝きや、体つきを、よく見ていく。

だが、鉄太の店の鯵はどれも黒目が美しく澄んでいて、体つきも立派だ。大きさも、そろっている。みな同じに見えて、どれを選べばよいのかわからない。

ちはるは鯵に顔を近づけて、においも嗅いだ。

ほんのわずかだが、においに違いがあった。

「これと、これと、これと――」

ちはるは箱の中から「これ」と思う鯵を選び出した。

鉄太が目を細める。

「何で、こいつらを選んだ？」

「新鮮なにおいが強かったからです」

鉄太は怪訝《けげん》顔で首をかしげた。

「そうか、おめえは鼻が利くんだったな――じゃあ、見た目はどうだ。選んだ鯵と、選ばなかった鯵と、どう違った？」

「それは……」

ちはるは再び鯵を凝視した。だが、やはり、どれも立派に見える。

「わかりません……どの鯵も、濁りのない綺麗《きれい》な目をしていますし……」

厳しく叱咤《しった》されるかと思いきや、鉄太は静かにうなずいて、鯵の目を指差した。

「おめえの言う通り、鯵の黒目は澄んでいるほうがいい。それから、顔だ。きゅっと引きしまった小顔のやつを選べ」

鉄太は鯵の顔から体のほうに向かって人差し指を動かした。

「体つきも、よく見ろ」

鉄太は人差し指を、鯵の背中から腹にかけて円を描くように動かす。

「身が大きく盛り上がっているやつは、肉厚で美味い」

ちはるは鰺を凝視しながら、うなずいた。

確かに、鉄太に示されたところを見比べれば、それぞれの鰺にわずかな違いがあった。

「鼻だけに頼るんじゃねえ」

また、慎介と同じことを言われた――。

「風邪を引いて、鼻が使いものにならなくなった時はどうするんだ。おめえの目は節穴なのか？　目も、耳も、持てるすべてを使えなきゃ、料理人は無理だぜ」

鉄太の言葉が、ちはるの胸の奥深くに入り込んで、腹の底まで沈んでいく。

「はい――」

朝市を過ぎた魚河岸の、のどかな売り声が遠くに聞こえた。

泣きたくなるような熱い覚悟で、ちはるは拳を握り固めた。

「しっかり励みます」

鉄太は、ふうっと息を吐き出した。

「おめえが選んだ鰺を持っていきな。おめえが選んだ鰺は、どれも上物だぜ。おれでも同じやつを選んだ」

鉄太は優しい笑みを浮かべて、ちはると目を合わせた。

「鰺のつみれを食わせろと、慎介さんに伝えてくれ」

ちはるは背筋を伸ばして顎を引く。

鰺のつみれ――。

因縁の一品で慎介の心を見ると、鉄太は言っているのだ。

ちはるは鰺を抱えて、朝日屋に駆け戻った。

事の経緯を話せば、慎介の表情が険しくなる。

「勝手なことをして、すみません。でも――」

「鰺のつみれか……」

慎介は調理台の上の鰺をじっと見つめた。

「あの時やりたくて、できなかったことを、今ここで果たせる」

慎介は、ちはるに向き直った。

「ありがとうよ」

慎介は穏やかに微笑んだ。

かつての災難は、過ぎ去った時の向こうに、まだ後ろ姿を明確に残しているだろう。しかし慎介は、今その災難の中に身を置いているのではないのだ。まだ痛みを抱えながらも、離れた場所から過去を冷静に見つめられるようになっている――そんな目をしていた。

ちはるは小さく長い息を吐き出した。

慎介の強さを目の当たりにしたような気がする。自分には、まだまだ到底、辿り着けない強さだ。

いつもよりずっと、慎介が大きく見えた。

慎介が鯵を一匹まな板の上に載せた。

尾のほうから上下に包丁を動かし、丁寧にぜいごを取っていく。うろこを取り、頭を落として、三枚に下ろした。続けて、皮を取っていく。

速い。

背と腹の間の小骨を取り、細かく刻んだ身を叩く。

とにかく速い。

無駄な力が入っていない。

慎介の動きを横で見つめながら、ちはるは感嘆の息をついた。

利き腕を怪我して、動きが悪くなった状態で、これだ——。

いったい、いつになったら、この域に到達できるのか。

足元が、ぐらりと揺れそうになる。

ちはるは気を引きしめて、両足を踏ん張り、慎介の手元を見つめ続けた。

作り終える頃合いを見計らったかのように、鉄太がやってきた。

おれは見届け人だと言わんばかりの顔で、藤次郎が先に暖簾をくぐってくる。

「今、いいかい？」

慎介はうなずいた。

藤次郎と鉄太が入れ込み座敷に上がる。調理場に向かい合うように腰を下ろした。

折敷《おしき》に載せた汁椀を、たまおが運んでいく。

「鰺のつみれの澄まし汁でございます」

怜治は入れ込み座敷の端で胡坐《あぐら》をかき、綾人は下足棚《げそくだな》の前にたたずんで、折敷の上の汁椀を見守っている。

慎介は調理台の前に立ち、低い仕切りの向こう側を静かに見つめていた。

鉄太が汁椀を手にする。

ちはるは思わず、ごくりと唾を飲んだ。

鉄太が椀の中を見つめながら、汁を口に含んだ。

口の中で舌を動かし、宙の一点を見つめる。

何も言わぬまま、箸で鰺のつみれをつかみ、がぶりと口に入れた。

ゆっくりと嚙みしめる。

宙を見つめたままの眼差しは険しくて、不満顔に見えた。

ちはるは口元に力を入れて、震えそうになる唇を引き結んだ。

大丈夫――美味しいはず――大丈夫――。

呪文のように胸の内でくり返していると、やがて鉄太の顔からふっと力が抜けた。口の端に小さな笑みが浮かんでいる。

鉄太は立ち上がると、調理場の前まで来た。慎介の顔を、じっと見つめる。

「濁りのない、いい味でした。鰺のよさがよく引き出されていて、美味かった」

入れ込み座敷に座る藤次郎がうなずいた。

「澄まし汁の具は、鰺のつみれと葱のみ——よけいな物を入れない味つけに、つみれのふんわりした噛み心地——見事でした」

鉄太は慎介の右手に目を凝らした。

「本当に、今までのようには動かねえのかい」

慎介はうなずいて、微笑んだ。

「これが今のおれだ。今のおれにできる料理を作り続けるしかねえと思ってる」

鉄太は目を閉じた。

「おれは馬鹿だった……慎介さんは、おかしな混ぜ物をするような人じゃねえのによぉ……。慎介さんは日々高みを目指して前へ進んでいるのに、おれはあの日のまま、一歩も動けていねえ。何が真《まこと》か、ちっとも見ようとしていなかったんだ」

ちはるの胸に、ぐっと熱いものが込み上げてきた。

わかってもらえた——！

喜びと興奮が綯《な》い交ぜになって、体の中を駆け巡る。

隣を見上げれば、慎介の目の端に涙がにじんでいた。

仕切りの向こうで、鉄太が深々と頭を下げる。

「疑って、すまなかった」

「やめてくれ」

慎介が調理場を飛び出して、鉄太の両肩をつかんだ。

「顔を上げてくれよ。鉄太さんは、何も悪くねえだろう！　全部——全部、仕組んだやつらが悪いのさ」

鉄太は身を起こした。その目は、力強く光っている。

「江戸の食を荒らすやつぁ、おれは絶対に許さねえ」

入れ込み座敷の藤次郎が立ち上がった。

「魚を穢《けが》したやつには、いずれきっちり落とし前をつけてやるぜ」

鉄太は額に青筋を立てて、ばきばきと指を鳴らす。

「おれたちを敵に回したこと、悔やんでも悔やみきれねえくらい痛い目に遭わせてやらなきゃなりませんね、坊《ぼん》！」

藤次郎が、くわっと目を見開いた。

「坊と呼ぶな！　もう子供じゃねえんだ」

「へいっ、すいやせん、藤次郎さん！」

「慎介さんの評判を落としたやつらのことを、もう一度しっかり調べ直すぞ」

「がってんだ！」

息巻く二人を、入れ込み座敷の端から怜治が面白そうに眺めていた。

綾人が表の掛行燈に火を灯す頃、やってきた兵衛は悔しそうに身をよじって歯嚙みした。

「そんな名場面を見逃すだなんて――誰か、わたしを呼びに走ってくれてもよかっただろうに――まったく薄情な連中だねえっ」

慎介が苦笑する。

「兵衛さんにはいろいろと心配をかけたが、まあ、そんなところに落ち着いたんで」

兵衛は真顔になって、うなずいた。

「本当に、よかったよ。朝日屋として、やり直した甲斐があったってもんだ」

慎介と兵衛はしみじみとした目で辺りを見回した。

間取りを変え、福籠屋から生まれ変わった朝日屋が、今ここにある。

慎介と鉄太の和解を喜びながら、ちはるは、藤次郎が帰り際に残していった言葉を思い返していた。

――慎介さんが引いた刺身は見事だった。実に鮮やかな切り口で、舌触りがいい。よく手入れされた包丁を使っていると、口にした瞬間わかった――。

慎介への賛辞を述べたあと、藤次郎は包み揚げについても言及した。

――まあ、美味かったぜ。ちはるが考えついたと聞いて、驚いた。だが、おめえには、魚のよさを引き出す料理を、もっと考えてもらいてえ――。

藤次郎の言葉が、ちはるの胸の中で重く渦巻いている。

慈照の助けを借り、慎介とともに作り上げた包み揚げの、いったいどこが駄目なのか――なぜ、手放しで満足してもらえなかったのだろう――。

料理人として足りないところを、藤次郎に指差された気分だ。

だが、今の自分に何が足りないのか、ちはるにはよくわからない。

目先の仕事をこなすのに精一杯で、我が身を振り返る余裕もない。

「けっきょく、ひとつずつ積み上げていくしかねえんだ」

慎介の声に、ちはるは顔を上げた。

福籠屋の頃を懐かしむように目を細めながら、慎介は笑みを浮かべている。

「ここから先も、ひとつずつ――丁寧に、くり返していくしかねえんだ。何事も、誠《まこと》を込めて取り組んでいれば、きっと相手に伝わるだろう」

ちはるは、ほうっと息をついた。

慎介でさえ「ひとつずつ」なのだ。

あせらず、丁寧に、精一杯、日々を過ごしていけばいいのではないか。

「いらっしゃいませ」

客が大きく戸を引き開けて入ってきた。

「食事だけなんだが、いいかい？」

「もちろんでございます」

綾人が客の草履を預かって、入れ込み座敷へ案内する。

慎介が包丁を握った。

「ちはる、ぼやぼやしてるんじゃねえぞ」

「はい！」

次から次へと客が入ってきた。

大きく開いた戸の向こうで、曙色の暖簾が揺れている。

ちはるの目には、夜の底に深く沈みながら昇る時を待っている、朝日の淡い輝きに見えた。

第二話

幸せの膳

客たちの目が、いつもと違う。

何かを疑っているように、じっと調理場を窺っている。

首をかしげながら何事か、ひそひそと、ささやき合っている客たちもいる。

「気に入らねえなあ」

調理場の前に立つ怜治が呟いた。腕組みをして、ななめに入れ込み座敷を睨んでいる。

「客の態度がおかしくなったのは、ここ二、三日だよなぁ」

怜治は眉間のしわを深くして、顎を撫でさすった。

「慎介が鉄太と和解したことも、もう近所に広まっているはずだ。たまおと綾人が、『よかったなあ』と客に声をかけられているからよ。そいつらは、魚河岸に出入りしている棒手振たちから聞いたらしいぜ」

慎介が困惑顔で首をかしげる。

「お客は、うちの料理に何か不満を持っているんでしょうか……たまおからは何も言われていませんが……」

怜治がうなずく。

「客に料理を運んでいくのは、たまおの仕事だからな。不平不満があれば、気の短い客なんかは、膳を下げにいった時にでも、たまおに文句を言うだろう。帰り際、下足番の綾人に愚痴をこぼす客だっているかもしれねえ。だが二人とも『そんな客は一人もいない』と口をそろえている」

怜治は解せぬと言いたげな顔で、入れ込み座敷を見回した。

「そもそも、料理に不満があるんなら、客だって来なくなるだろう」

ちはるは仕切りの向こうを眺めた。

入れ込み座敷は今日も満席だ。昨日、今日と、続けて来ている客の顔も見える。

客が帰ったあと下げられた膳も、すべて空になっていた――不味いと思えば、誰かしら料理を残していただろう。

「ありがとうございました。またのお越しをお待ちしております」

綾人の声に、ちはるは戸口を見た。

恰幅《かっぷく》のよい羽織姿の中年男が暖簾の向こうへ消えていく。この近くに店を持つ商人だろうか。何度か来てくれている顔だった。

たまおが膳を下げてきた。慎介とともに覗き込めば、すべて綺麗に食べつくされていた。

「今お帰りになったお客さんなんだけど――」

たまおは入れ込み座敷の様子を見ながら、声をひそめた。

「隣で召し上がっていた方に『この玉手箱とやらは、本当に、朝日屋が考えた料理なんですかねえ』なんておっしゃっていたのよ」

ちはるは慎介と顔を見合わせた。

「どういうことでしょう？」

「さあ……」

調理場の前から入れ込み座敷を睨んでいた怜治が、ふんと鼻を鳴らした。

「なるほど、そういうことか」

ちはるは眉根を寄せた。

いったい何が「そういうこと」なのか――。

問おうとしたら、たまおが慌て顔で入れ込み座敷へ戻っていった。

「いらっしゃいませ」

新しい客が入ってくる。開いた戸に、いち早く気づいたたまおは注文を取りに向かったのだ。

ちはると慎介も調理台の前に戻る。

調理場の前に立っている怜治が小さく唸った。

「今夜あたり、兵衛が駆け込んでくると思うぜ」

怜治の言葉通り、食事処の最後の客が帰ったとたんに、兵衛が駆け込んできた。

「おまえさんたち、大変だよ！」

草履を脱ぐのももどかしい様子で、兵衛は入れ込み座敷へ上がり込んだ。息も切れ切れだ。

たまおが運んでいった水を一気にあおって、兵衛は調理場に顔を向けた。

「朝日屋の『玉手箱』は盗作だっていう噂が流れているんだ！」

ちはるは息を呑む。

「盗作って、そんな――」

ちはるの隣に立っていた慎介が調理台の向こうに回る。

「いったい、どういうことだ、兵衛さん。何が起こっている⁉」

「どうもこうもないよ」

兵衛は頭を振った。

「また、あいつらさ――黒木屋の仕業《しわざ》だよ！」

慎介の肩が、びくりと跳ね上がった。

「黒木屋――」

しぼり出された悲愴な声が、ちはるの耳の奥を突く。

慎介は拳を握り固め、怒りを吐き出すように大きく息をついた。全身が強張っている。

「たまお、茶を淹《い》れてくれ」

怜治の声が響き渡った。

一同は、はっと入れ込み座敷の真ん中へ目を向ける。

怜治が悠然《ゆうぜん》と胡坐をかいていた。

「茶が飲みてえ。人数分淹れて、持ってきてくれよ」

くり返す怜治に、たまおは背筋を伸ばした。

「はい、ただ今――」

一同は互いに顔を見合わせながら怜治のそばに集まり、車座《くるまざ》になった。

たまおが茶と羊羹を運んでくる。

「お客さまにお出しした残りをいただきました」

慎介がうなずいた時には、もう怜治が羊羹を頬張っていた。

「うめえ。さすが慎介だ」

羊羹を作った慎介は、わずかに照れたような表情になる。

ちはるの腹が、きゅるっと小さく鳴った。

忘れていたが、もう夜の賄を食べる時分だ。

しかし今は賄よりも、黒木屋の話なのだろう――。

ちはるも羊羹に手を伸ばした。

菓子楊枝で口元に運べば、餡の香りがほのかに漂ってきた。ふっと心がなごむ。食べれば、小豆と砂糖のほどよい甘さが口の中に広がって、体の奥へと落ちていった。口当たりもなめらかだ。

湯気の立ち昇る湯呑茶碗を手にすれば、茶の熱さが手の平に伝わってきた。思いのほか体が冷えていたようだ。指先が、じんじんする。

ちはるは湯呑茶碗を顔に近づけた。鼻先に漂ってくる緑茶の香りは、ほんのわずかに渋みを含んでいて、飲む前からもう口の中に残る甘さを引きしめにかかっている。

口に含めば、渋みと甘みの入り混じったふくよかな緑茶の風味が力強く舌の上で踊った。ごくんと飲んだあとには、口の中に繊細な余韻をかもし出している。

みな、ほうっと息をついて、しばし黙り込んだ。

「今日の昼間、知り合いが教えてくれたんだよ」

膝の上で湯呑茶碗を握りしめながら、兵衛が口を開いた。

「重陽の節句に朝日屋で食べた『秋の玉手箱』が、本当は黒木屋で考え出された品だという噂が出回っているってね。黒木屋で、『玉手箱』そっくりな品が出され始めたらしいよ」

怜治は「ふうん」と、のん気な声を上げる。

「重陽の節句にうちで食べたってことは、教えてくれたのは、この近所のやつだな」

兵衛がうなずいた。

「福籠屋の頃の悪評を信じ込んで、慎介さんを白い目で見てしまっていたと、とても悔いていてね。今度は間違えたくないと言って、わたしのところへ噂を報《しら》せにきてくれたのさ」

怜治は、ふんと鼻を鳴らした。

「黒木屋は、よっぽど慎介が気に入らねえらしいなぁ。この日本橋から追い出そうとしていやがるぜ」

怜治は探るような目で慎介を見る。

「主の惣衛門《そうえもん》とは、何か因縁でもあるのか？　昔、同じ板場で修業した時に揉《も》めたとか、女を取り合ったとかよ」

慎介は首を横に振って、右腕を押さえた。

「黒木屋は、本石町四丁目に去年できた、まだ新しい料理屋です。十年以上ここで店をやっていた福籠屋が絡まれるいわれはなかったはずだ——それなのに——」

怜治の目が、すっと細くなる。

「難癖をつけてきたやつらが黒木屋の手先だったってことは、間違いなかったんだよな？」

兵衛が力強くうなずいた。

「怜治さんにはもう話してあるけど、福籠屋に言いがかりをつけてきたやつらの素性を、岡っ引きの親分に調べてもらったのさ。そうしたら、よく賭場《とば》に出入りしている、ごろつきだっていう話だった」

怜治はゆっくりと茶をすすった。

「黒木屋の用心棒が、ごろつきと繋《つな》がっていたんだったな。賭場で顔を合わせていた間柄だったらしいが――」

怜治はおもむろに、兵衛の皿から羊羹をつまみ上げた。兵衛が「あっ」と声を上げるが、時すでに遅し。怜治は素早く羊羹を口の中に放り込んでいる。兵衛は悔しげな顔で唇を引き結び、気を静めようとするように茶をあおった。

「柄の悪い用心棒を使うなんて、黒木屋は得体が知れないよ」

腹立ちを吐き出すように、兵衛は語気を荒くした。

「たんまり金を積んで、跡取りのない老夫婦から店を譲ってもらったと聞いたけどさ。隣近所が老夫婦に聞いていたより、ずっと早く隠居したらしいから、金の力にものを言わせて、強引に追い出したんじゃないのかねえ」

ちはるの胸が波立つ。

――強引に追い出した――。

その言葉に、夕凪亭を追われた過去を思い出してしまう。

「久馬は、店を乗っ取るために、夕凪亭《うち》に入り込んできましたけど――」

やるせない思いで、ちはるは首をかしげた。

「黒木屋は、どうして福籠屋に嫌がらせをしてきたんでしょう。やっぱり、店の乗っ取りですか？」

今度は兵衛が首をかしげる。

「だけど黒木屋が本石町に暖簾を掲げたのは、たった一年前だよ。この場所にこだわる理由が見えないじゃないか。室町で店開きしたかったのなら、最初から本石町へは店を出さなかっただろうよ」

綾人が悩ましげに眉をひそめ、こめかみに人差し指を当てた。

「黒木屋の周りは、ここよりも少し華やかさに欠けますよね」

兵衛がうなずく。

「あの辺りには、足袋問屋が多く軒を連ねているよ」

「じゃあ、やっぱり、この一年の間に気が変わったんでしょうか。百川のすぐ近くで料理屋を始めても、きっと敵《かな》うはずがないとひるんでいたけれど、朝日屋が何とかなりそうなところを見て、やっぱりここに店を構えたくなったとか……？」

たまおが苦笑する。

「それは、あたしたちが舐められているということかしら」

綾人は肩をすくめた。

「この顔ぶれだから……福籠屋の時よりは、潰しやすいと思っているんじゃないかな」

怜治が「おいおい」と声を上げる。

「聞き捨てならねえなぁ。それじゃ今回はどうして、ならず者たちが朝日屋へ送り込まれてこねえんだ。あぁん？」

怜治は一同の前にぬっと右腕を突き出すと、ぱんと勢いよく左手で叩いた。

「おれさまがいるからに決まってんだろうがよ」

怜治は、かかかと高笑いをする。

「どんな強え野郎を送り込んでこようと、火盗改の狂犬と呼ばれた、このおれさまに敵うはずがねえ。何人束になってかかってこようが、返り討ちよ」

ちはるは顔をしかめて、綾人を見た。

「自分で『狂犬』って言っちゃってるけど、自覚しているのかしら？」

綾人は困ったように微笑む。

「怜治さんが強いのは、確かだと思うよ」

「それだけじゃないさ」と言葉をかぶせてきたのは、兵衛である。

「確かに、元火盗改の怜治さんがいれば、朝日屋に喧嘩を吹っかけてくる馬鹿なやつもいなくなると踏んだよ」

怜治を朝日屋の主に担ぎ上げたのは、兵衛であった。

「だけど今は、もっと心強いことに、現火盗改の柿崎詩門《かきざきしもん》さまと、町奉行所《ぶぎょうしょ》同心の田辺《たなべ》重三郎《じゅうざぶろう》さまもいらっしゃるだろう」

兵衛は得意げに胸を張る。

「だから不埒者《ふらちもの》は朝日屋に近寄れないのさ」

怜治が、けっと呆れ声を出す。

「わかってねえなぁ。一番強えのは誰かってことがよぉ」

「誰が一番強くたって、いいじゃない！」

ちはるは思わず声を上げた。

「そんなくだらないことより、あたしたちの『玉手箱』が盗作だっていう噂を何とかしなくっちゃ。あたしたちは黒木屋の真似なんかしていないって、世間に認めてもらわないと――」

怜治が何か言いたげに、ちはるの顔をじっと見た。

ちはるは怜治の目をしっかりと見つめ返す。

「だって、世間の悪評は、店一軒を潰す力を持っているのよ⁉」

怜治は真顔で目を細めた。

「賄を持ってこい」

ちはるは眉間にしわを寄せる。怜治は鼻先で、ふっと笑った。

「人ってえのは、腹が減ると、殺気《さっき》立ってくるからよ」

怜治は慎介に目を移した。

「すぐに食えるものはあるか？」

慎介は調理場へ顔を向ける。

「湯漬けなら、すぐにできます。あさりを醬油で甘辛く煮てあるんですが、それを冷や飯の上に載せて、湯をかければ――」

怜治がごくりと喉を鳴らす。

「上等だ」

ちはるに向かって、怜治が顎をしゃくる。慎介を見れば、静かにうなずいた。慎介の気持ちは、もうすっかり落ち着いているようだ。

ちはるは立ち上がり、湯漬けの支度をした。たまおも立ち上がって、新しい茶を淹れる。

残しておいた冷や飯を小どんぶりによそい、小鍋の中に入っていたあさりを上に載せる。醬油の濃いにおいが鼻から入ってきて、ちはるの口の中に唾が湧いた。

かなり塩辛そうだ。あさりの色が黒い。

そっと湯をかければ、醬油の色が湯に染み出して、白飯がうっすら茶色く見えた。

たまおのあとに続いて湯漬けを運んでいけば、入れ込み座敷の一同がさっそく手を伸ばしてくる。

　我先にと、怜治があさりを口に入れた。

「しょっぺえ――」

　思わずというふうに、口がすぼまっている。

　怜治は白飯をかっ込んだ。

「おう――ちょうどいい味加減になった。これは確かに、湯漬けが合うな。あさりの甘みも、しっかり味わえる」

　慎介が小さく笑った。

「酒の肴にしようと思っていたんですよ。佃島の漁師を真似て、濃い味つけにしたんです」

　兵衛が納得顔で小どんぶりの中を見つめる。

「佃島の漁師たちは、お城へ納めたり、河岸で売ったりするのに値しない小魚や貝を、塩煮にするんだよねえ。塩煮だと、日持ちするんだろ」

　慎介がうなずく。

「佃島は、田畑もない離れ島だ。米だって船で運ばなくちゃならねえ。その代わり、漁師町だから、魚の調達には苦労しねえ。佃島の男たちは昔から、売り物にならない魚や貝を塩煮にして、漁へ持っていくのさ」

兵衛は、あさりを箸でつまみ上げた。

「塩煮弁当かい。わたしは醤油煮のほうがいいねえ」

ぱくりと口に入れて、わずかに唇をすぼめる。

「やっぱり、酒が欲しくなるよ――今日はやめておくけどさ」

ちはるも湯漬けを頬張った。

しっかり醤油の染み込んだあさりと白飯が口の中で絡み合う。あさりのこくを含んだ湯は、醤油味の汁物と化して、貝と米の甘みを優しく包み込んでいる。

あさりを嚙みしめれば、舌の上に旨みが広がった。

醤油――。

やわらかな嚙み心地の湯漬けを味わいながら、ちはるが思い返すのは、正反対の嚙み心地を楽しめる朝日屋の『玉手箱』である。

ぱりっとした皮を嚙めば、とろりとした醤油味の餡が溢れ出てくる包み揚げは、ちはると慎介の渾身の作だ。

盗作だなんて、ひどい言いがかりだと、ちはるは憤った。

「客の前で、そんな面《つら》すんじゃねえぞ」

怜治の声で、ちはるは我に返った。顔を上げれば、突き刺すような怜治の眼差しに捕らえられた。

「おまえらは、よけいなことを考えるな」

怜治は一同を見回す。

「自分の仕事をきっちりこなしていればいいんだ」

怜治は、ちはるに目を戻した。

「黒木屋を探りにいこうだなんて、絶対に考えるんじゃねえぞ」

どきりとした。

思いついたと同時に、胸の中を見透かされたような――。

怜治は、やれやれと言いたげな表情で眉根を寄せた。

「仮に、朝日屋の誰かが、黒木屋の包み揚げを食べてみようとする」

怜治はうんざりした顔で首の後ろをかいた。

「黒木屋の前をうろついただけで、やつらは『また朝日屋が探りにきた』と大げさに騒ぎ立てるだろうよ。その場にいた町の者すべてを証人にして、朝日屋を盗人扱いするに決まってるぜ」

ちはるは拳を握り固めた。

「じゃあ、言われっ放しで我慢していればいいの？　あたしたちが黒木屋の生み出した料理を盗んで売り出したと、嘘をつかれたままで――町の人たちに誤解されたままでいればいいっていうの⁉」

怜治は、ふふんと鼻先で笑う。

「くだらねえなぁ」

ちはるは顔を上げた。

「どこがくだらないっていうの⁉　あたしたち、商売敵に陥れられているのよ！」

「商売敵だと？」

怜治は目を細めて、ちはるを睨んだ。

「おまえ、黒木屋なんかを商売敵と認めているのかよ」

「え……」

ちはるは声を詰まらせた。

怜治は呆れたように、ため息をつく。

「いい機会だから、聞いておくがよ。おまえは、朝日屋を何だと思っているんだ」

「何って――美味い料理で客を呼ぶ――旅籠でしょう」

怜治は不満げに眉をひそめた。

「以前、おれが言ったまんまじゃねえか」

ちはるは首をかしげる。

「だって――そのつもりで、あたしは一生懸命に料理を――」

「朝日屋の売りは、料理だけか」

怜治は、たまおと綾人を交互に見た。

「おまえらは、料理の引き立て役か」

たまおと綾人は顔を見合わせて、自信なげに目線をさまよわせた。

ちはるは首を横に振る。

「たまおさんも、綾人も、引き立て役だなんてことはありません！」

怜治の目が、ちはるに戻る。

「じゃあ、おまえは、どんな朝日屋を目指しているんだ」

ちはるは口をつぐんだ。

どんな朝日屋――。

美味い料理で人を呼び、泊まり客にも来てもらうということだけ考えていたが、それでは駄目なのか。

慎介が小さく唸る。

「福籠屋では、客を感動させる料理を作ろうとしていた」

一同の目が、慎介に集まる。

慎介は過去を振り返っているような表情で口を開く。

「小さなことでいいんだ。例えば、皿の上の盛りつけを見て『綺麗だ』と思い、なごやかな気持ちになる。口に入れて『美味い』と舌が喜び、体が震える。福籠屋で過ごしていただく時は、ひとつでも多く心が幸せになるような、そんなひと時を味わっていただきたい――だから料理だけじゃなく、掃除や案内も、ひとつひとつの動きを大事にしようと決めていた。働く者すべてが一丸となり、心を込めて、客をもてなそうとしていたんだ」

慎介は夢から覚めたような表情で、入れ込み座敷を見回した。

「けっきょく、続けられなかったけどな……」

兵衛が唇を嚙みしめる。

「福籠屋は、いい店だったよ。感動があったから、祝い事のたびに、福籠屋で膳を囲む人も多かったんじゃないか」

慎介は小さく微笑んでうなずいた。過去に悔いはねえと語っているような目つきだ。

「朝日屋はどうする?」

怜治は改めて一同に投げかけた。

「おまえらは、いったい何を、客に供するんだ?」

綾人がおずおずと口を開く。

「わたしが舞台に立っていた時は――日頃の憂さを忘れて、ほんのひと時だけでも夢の世界に浸って欲しいと思っていました」

たまおがうなずいた。

「茶汲み女に手を出そうとする、すけべ爺は別として――疲れた顔でひと休みする人たちには、美味しいお茶を飲んで、少しでも元気を出していただきたいと思っていたわねえ」

ちはるは夕凪亭を思い返した。

風が凪いだ夕方に、ちょいと重荷を下ろして、ほっとひと息つくような——そんな場所になれたらいいと願って、両親は店の名を決めたのだった。

では、朝日屋は——?

ちはるの頭の中に、伝蔵が小田原へ帰っていった朝の光景が浮かぶ。

淡い光の中で、一日の始まりに食べた膳。新しい日々へ向かって力強い一歩を踏み出していった、あの後ろ姿——。

「笑って、ここから旅立ってほしい」

ちはるの口から、するりと言葉がこぼれた。

「いろいろあって、疲れ果てて江戸へ来た人には、朝日屋で元気と笑顔を取り戻してもらいたい。楽しく江戸見物をした人には、もっともっと、いい笑顔になってもらいたい」

一同の顔を見回せば、みな優しく微笑んでいた。

怜治が口角《こうかく》を引き上げながら目を細める。

「そのために、どんな気働きができるかよく考えろ。客を満足させるためには、客をよく見ていなけりゃならねえ。黒木屋のことを考えている余裕なんかないはずだぜ」

たまおと綾人がうなずいた。怜治は満足そうにうなずき返して、じろりとちはるを見る。

「おまえと慎介は、新しい料理を生み出せ」

ちはるはごくりと唾を飲んだ。

新しい料理――。

「誰も見たことがねえ珍品を作れと言っているわけじゃねえ。『秋の玉手箱』で売り出した包み揚げの中身を変えて『冬の玉手箱』にするんでもいいし、ぱりっとした包み揚げの皮を使って、菓子か何か作るんでもいい」

怜治は澄んだ目で、まっすぐに、ちはるの目を見つめた。

「とにかく、おまえは客と料理のことだけ考えるんだ。いいな？」

「はい、わかりました」

じっと怜治の目を見つめ返していたら、すぐに素直な返事が出た。

怜治が満足げにうなずく。

ちはるは大きく息をついて、調理場を振り返った。

握りしめた拳に力がこもる。

この手で、いったい何を生み出せるだろうか――。

ちはるは調理台の上に置いた小麦粉を凝視した。

「珍品じゃなくていいと言われても、新しい料理というのは、やっぱり珍しい物なんじゃないですかねえ」

　慎介も腕組みをして、じっと小麦粉を見つめる。

「怜治さんが言っていたように、中の具を変えて『冬の玉手箱』にするか――もしくは、皮をぱりっとさせるんじゃなくて、しっとりさせてみるとか――」

　慎介は腕組みをしたまま首をひねった。

「今の形にこだわらねえんなら、中を開いて具を見せるとか、いっそ平べったく焼いた皮の上に具を載せるって手もあるが――」

　どれも決め手に欠くと言いたげに、慎介は唸った。

「小麦粉に合う、組み合わせか……皮に味はねえから、何でも合うと思うが……」

　慎介の言葉に、うどんを思い出した。

「うどんも、小麦粉と水で作る物ですよね」

　慎介がうなずいた。

「うどんは、小麦粉を塩水でこねて作るんだ」

　こねた生地を麺棒で薄く延ばして、細く切り、麺にするのである。江戸では、うどんの薬味として、胡椒《こしょう》と梅干がよく使われていた。

「江戸に幕府が置かれた頃は、まず売り出された麺が、うどんだったって話だ。当時は『うんどん』とか『うむどん』なんて呼ばれていたらしい。うどん屋がない頃には、菓子屋がうどんを作っていたと聞いた」

「菓子屋が、うどんを……」

さっき怜治が「ぱりっとした包み揚げの皮を使って、菓子か何か作るんでもいい」と言っていた。

「うどんに合う具なら、包み揚げにも合うって理屈になるんだろうが――」

慎介は首をひねった。

「ぱりっと皮を揚げれば、助惣焼《すけそうや》きとの違いが出せるか……？」

助惣焼きとは、『玉手箱』と同じく小麦粉を水で溶いて作った皮に餡を包んで、くるりと巻いた菓子である。

そもそも朝日屋の『玉手箱』は、「助惣焼きの皮は使えないだろうか」という慈照の言葉から辿り着いた包み揚げだったのだ。

ちはるの舌に、さっき食べた羊羹の甘さがよみがえってくる。鼻先に、小豆と砂糖のにおいが再び漂ってくる気がした。

餡好きな慈照の顔が、ちはるの頭に浮かぶ。

「慈照さまは、ご飯の上にも甘い小豆の餡を載せて召し上がる方なんです」

慎介が「えっ」と顔をしかめる。

「牡丹餅《ぼたもち》は、もち米と小豆餡で作りますよね。団子にだって、小豆餡を載せて食べます」

かつて慈照が語っていた理屈を述べれば、慎介は苦笑した。

「そりゃあそうだがよ。まさか、うどんに甘い餡ってわけにも――」

慎介は、はっとした顔で目を見開く。

「待てよ。『料理物語』にあった『すすりだんご』は、後段の部に入っていたな」

料理物語とは、寛永二十年（一六四三年）に成立した料理書である。後段の部では、もてなしのあと食後に出される食べ物を紹介している。

「すすりだんごってのは、もち米と、うるち米の粉を水でこねて丸めた物だ。小豆のしぼり粉で煮るが、塩で味をつける。白砂糖をかけて、客に出していたらしいが……」

「塩を利かせた汁粉餅ってわけですね」

慎介はうなずいた。

「甘さを加減すれば、菓子としてじゃなく、膳の上の一品として、客に出せるだろうか。慈照さまの餡も、ひょっとして塩が利いているのか？」

ちはるは首を横に振った。

「甘い餡を、そのままご飯の上に載せていらっしゃるんです」

「そうか……もち米に餡ってわけでもねえんだよな？」

「違います。とにかく、甘い餡に目がないようで」

「うーん……まあ、小正月なんかに食べる小豆粥《がゆ》も、甘くしたりするからな」

慎介は再び小麦粉に目を向けた。

「やっぱり味もさることながら、歯触りや喉越しのことも、よく考えなくちゃならねえな」

慎介は自分に言い聞かせるように続けた。

「頭ん中で、あれこれいじくり回していたって仕方ねえや。とにかく、何かしら作ってみよう——そうだな、まずは『玉手箱』と同じように、薄皮の中に甘い小豆の餡を入れて揚げてみるか」

「はい」

慎介が小豆を甘く煮た。ちはるは薄皮を焼く。

小麦粉を水で溶いて裏漉《うらご》しした種を適量、玉杓子《たまじゃくし》ですくい、焼き鍋の上に薄く伸ばした。さっと焼いて引っくり返し、両面に火を入れる。

焼いた皮に、少しとろみのある粒餡を載せた。『玉手箱』同様、小さな四角にする。こんがり狐色になるまで揚げれば完成だ。

「食べてみよう」

まず慎介が口にした。かりっと小気味よい音が上がる。

「うん——」

慎介は目を閉じて、しばし無言になった。

ちはるも小豆餡の包み揚げをかじってみる。

からりと揚がった香ばしい皮のにおいと、餡の甘いにおいが、ちはるの鼻の周りにふわりと広がって踊った。ぱりっとした皮の嚙み心地と、しっとりした餡の嚙み心地が口の中で混ざり合うのも、心地よい。

だが――。

「悪くはねえが、ちょいと面白みに欠けるな」

慎介が無念そうに唸った。

「これには『秋の玉手箱』の時ほどの驚きがねえ」

ちはるはうなずいた。

慎介の言う通りなのだ。甘い粒餡の包み揚げは確かに美味いが、『秋の玉手箱』の中身を手っ取り早く変えただけ――という感が、どうしても否めない。

それに、また包み揚げを出して、「黒木屋のあと追いをしている」と言われたりしたら――。

「珍品じゃなくていいとはいえ、もうひと工夫――いや、あとふた工夫はしねえと」

「そうですね……」

ちはるは返事をしながら、黒木屋が出した『玉手箱』そっくりな品は、いったいどんな物だろうかと考えた。

さっき怜治に「よけいなことを考えるな」と釘を刺され、納得したつもりだったが、やはり気になってしまう。

脇見をせず、一心不乱に新しい料理を生み出さねばならぬのに――ぐちゃぐちゃと思考は入り乱れて、よい案など浮かびそうにない。いらいらしたあげくに、黒木屋の包み揚げがますます気になってきてしまう。

このままじゃ駄目だ――。

しょんぼりと目を伏せれば、慎介に背中を叩かれた。

「あせっても仕方ねえよ。もし『冬の玉手箱』と銘打った品を出すんなら、そう気長にってわけにもいかねえが、今日中に仕上げなきゃならねえもんでもねえんだ」

「はい……」

慎介は顎を撫でさすりながら苦笑する。

「やっぱり黒木屋が気になるか？」

顔を上げれば、すべてお見通しだと言わんばかりの慎介の目とぶつかった。

「常に昨日までの自分と比べていろと言ったって、どうしても周りが気になっちまう時があるんだよなぁ。おれにも覚えがあるぜ。今回は『玉手箱』が盗作と言われたんだから、なおさらよ」

慎介は「だがな」と続ける。

「包み揚げは、朝日屋だけの物じゃねえ。慈照さまが教えてくださった『けんちん』をもとに、他の料理屋でも、とっくの昔に似たような品を出しているかもしれねえぞ」

　ちはるはうなずいた。

　豆腐屋だって、蕎麦《そば》屋だって、同じ品を扱う店は江戸に数多くあるのだ。包み揚げが、朝日屋だけの唯一無二の料理ではないという慎介の言葉は、よくわかるつもりだ。

　だが、それでも腑に落ちないという思いが、どうしても残る――。

「楽をして、他人が作った物の上澄みだけをかすめ取っていくやつは、まことの味に辿り着けねえ」

「まことの味……」

　慎介はうなずく。

「客を心底から喜ばせる味だよ。朝日屋を、客が笑顔で旅立っていく旅籠にしてえんだろう？　そのために、おれたち料理人は、料理で客をもてなすんじゃねえか」

　慎介は胸の前で右の拳を握り固めた。

「料理人の腕は、人それぞれ――優劣の話をしているんじゃねえ――同じ食材で、同じ献《こん》立《だて》を作っても、決して同じ味にはならねえはずだと言っているんだ」

　ちはるは自分の右手を見つめた。

「おれにはおれの、おまえにはおまえの持ち味が、きっと出る」

ちはるは顔を上げた。

慎介がうなずく。

「ただひたすらに、自分の味を追い求めていくしかねえだろう」

ちはるは自分の右手に目を戻した。

自分の味——まことの味——それはいったい、どんな味だろう。

「一生かかっても見つからねえかもしれねえが、少なくとも、他人の上澄みを取って満足するような味じゃねえはずだぜ」

「それは、もちろん——」

ちはるは右手をぐっと握り固めた。

「おれたちが考えなきゃならねえのは、どうしたら、客に喜んでもらえる料理を作れるかだ」

慎介の言葉に、怜治の声が重なった。

——とにかく、おまえは客と料理のことだけ考えるんだ——。

胸の奥が、じわりと熱くなる。

改めて、胸に刻もう。

客と料理のことだけ考えるんだ——。

翌日、ちはるは鉄太の店を訪れた。朝市の喧騒が収まり、店の忙しさも引けた頃である。通りを行き交う棒手振たちの姿も、まばらだ。

「この時季によく獲れる魚を出せば、立派なご馳走のでき上がりじゃねえか」

新しい料理を考えているのだと告げれば、ずんと腰に響く低い美声がすぐに返ってきた。

「新鮮な魚は、どうやって食っても美味いんだ。不味くなるとしたら、それは料理したやつの腕が悪いんだぜ」

「そうですよね……」

ちはるは板舟の上に目を落とした。魚は一匹もない。すべて売り切れていた。

「新しい献立に試したい魚があるんなら、もっと早く来いよ」

鉄太の美声に耳の奥をつつかれる。

「うちの魚を目当てに河岸へ来る客も多いんだからよ」

「はい……」

ちはるは、しょんぼりと肩を落とした。

「いい案がまったく思い浮かばなかったもので、実際に食材を見て考えたほうがいいかと思ったんですけど……もう少し粘ったら何か思いつくんじゃないかと、あれこれ考えてぐずぐずしているうちに、すっかり遅くなってしまって……」

ちはるが思い悩んでいる間に、慎介は魚を仕入れてきてしまった。帰ってきた慎介は

「思う存分に悩め」と温かく励ましてくれたが、けっきょく何も浮かばないままだ。

客が引けた頃合いの魚河岸であれば、ゆっくり魚を見ながらあれこれ思案できるかと開き直って、鉄太の店まで来てみたものの、客が引ければ魚もなくなるということがすっかり頭から抜けていた。

鉄太が腕組みをしながら苦笑する。

「まあ、仕方ねえな。黒木屋の馬鹿が妙な噂を流してるっていうし、朝日屋もいろいろ大変なんだろうからよ」

ちはるは勢いよく顔を上げた。

「妙な噂って——鉄太さんも知っているんですか⁉」

鉄太は「まあな」と頰をかく。

「おれは、藤次郎さんから聞いたのさ。藤次郎さんは、親父さんから聞いたってよ。その親父さんは、遊び仲間から聞いたらしいがな」

朝日屋の盗作疑惑は、町のどこからどこまで広がっているのだろう。

「その遊び仲間っていうのは、どういう方なんですか？」

鉄太は腕組みを解いて首をかしげる。

「河岸の旦那衆だろうが、どなたかまでは、わからねえな。芝居《しばい》に吉原《よしわら》——みなさん、どこで遊んでも羽振りよく、一目も二目も置かれていらっしゃってよぉ——」

ふと思い出したように、鉄太はちはるを見た。

「朝日屋の旦那も、藤次郎さんに同じことを聞いていたぜ」

ちはるは思わず一歩詰め寄った。

「いつ、どこでですか⁉」

「ついさっき、ここでさ」

鉄太は事もなげに答える。

「柿崎の旦那と一緒に、ぶらりとやってきてな。すぐに三人でどこかへ行っちまったがよ」

ちはるは目を見開いた。

「柿崎の旦那って――火盗改の柿崎詩門さまですか？」

「おう。朝日屋の旦那が武士をやめたあとも、懇意になさっているんだってなぁ。意外だけどよ」

ちはるは首をかしげた。

「何が意外なんですか？」

鉄太は、きょとんとした顔になる。

「だって全然違う気性じゃねえか。気が合うようには見えねえよ。朝日屋の旦那は、さばさばしていて話しやすいが、柿崎の旦那は、ちょっと何を考えているのかわからねえっていうか――」

　何を考えているのかわからないのは怜治も一緒だと思わず言いかけて、ちはるは口をつぐんだ。

「確かに柿崎さまは、荒っぽい火盗改の中では、ひと味違う方なのかもしれませんが……」

　詩門は品がよく、少々小柄だ。咎人《とがにん》に対しても、むごい拷問を行うような人物には見えない。

「柿崎さまは、いい方だと思いますよ。朝日屋の料理を世間に広めるため、重陽の節句に評者を呼ぼうという案を出してくださったんです」

　まずは近隣の者たちに料理を振る舞うべきだと考えた、ちはるの主張とは少しぶつかったが――朝日屋のためになることを考えてくれたのだ。そして実際、詩門が呼んだ評者のおかげで、朝日屋の評判は上がった。

「かつての仲間だった怜治さんを心配して、柿崎さまは朝日屋に足を運んでくださったわけで――」

　ちはるの頭の中に、詩門の言葉がよみがえる。

　――怜治さんがあんな辞め方をしたから、心配して来てみたというのに――。

　詩門が言っていた「あんな辞め方」とは、いったい何だろう。

ちはるの父は「何かあったら工藤さまを頼る」と言っていたが、肝心な時には行方《ゆくえ》がわからず、怜治を頼れなかったのだ。「あんな辞め方」は、そこに関わっているのだろうか。怜治の身の上に、いったい何があったのか――。

「まあ、そりゃ、悪い人じゃねえんだろうよ。朝日屋の旦那が今でもつるんでいるんだからな」

鉄太の声に、ちはるは我に返った。

「柿崎さまは、福籠屋の件でおれが悶々《もんもん》としていた時も『気を揉んでおるのであれば、外からでも様子を覗いてくればよかろう』って言ってくれたしな。柿崎さまの言葉に、おれが背中を押されて、福籠屋の様子を見にいったのも事実だぜ」

鉄太は面目《めんぼく》なさそうな顔で後ろ頭をかいた。

「結果としては、福籠屋の惨状を見て、おれの誤解がよけいに凝り固まっちまったんだがよ」

ちはるは首をひねった。

「福籠屋の騒動には、火盗改も目をつけていたんですか？　その縁で、兵衛さんは怜治さんと懇意になったんでしょうか」

鉄太は首を横に振る。

「福籠屋に出張ってきたのは町方だったぜ。柿崎さまは別の件で、賭場に出入りしていたやくざ者を調べているとおっしゃっていた」

記憶を確かめるように宙を見やって、鉄太はうなずいた。

「賭場を探っているうちに、福籠屋の騒動に関わっている連中が目についたんだろうよ」

ちはるの胸が重苦しくなった。

黒木屋の用心棒も賭場に出入りしていたという話だ。

本所を出て、日本橋へ来てからも、柄の悪い連中に悩まされるのかという思いが込み上げてくる。

「朝日屋の旦那がいるんだ。今度は大丈夫だろうよ」

鉄太の声が力強く耳に響いた。

「前とは違う。きっと、すぐに黒木屋の件は片づくはずだ」

にっと口角を引き上げた鉄太の笑みは「おれたちもついているぜ」と言ってくれているように見えた。

心強くなって、ちはるは大きくうなずいた。

魚河岸からの帰り道、天水桶《てんすいおけ》の陰に隠れるように立っている若い娘が目に入った。いかにも上等な美しい振袖をまとっており、裕福な家の娘だと、ひと目でわかる。

近所にある大店《おおだな》の娘なのか、前掛をつけた幼い奉公人に何やら言いつけていた。

「いいこと？　誰にも知られないようにしてちょうだい」

店での失態を陰で叱られているのではないらしい――ちはるは思わず立ち止まり、聞き耳を立てた。

「おさつを買ってくるぐらいのことは、おまえにもできるわよね⁉」

気の弱そうな小僧は前掛の裾を握りしめて、半べそをかいている。

「ですが、お嬢さん、誰にも知られないようにというのは……どうして旦那さまにお知らせしてはいけないのですか？」

お嬢さんは取り澄ました顔で、こほんと咳払いをする。

「わたくしのような良家の子女が、下女と同じように、さつま芋にかぶりつくだなんて――お父さまがお許しになるはずはないじゃないの」

なるほど、事情が呑み込めた。

大店のお嬢さまが、店の小僧にこっそり焼き芋を買いに走らせようとしているのだ。

町の木戸を守る木戸番《きどばん》は、冬になると焼き芋を売り出す。木戸番は薄給なため、蠟燭《ろうそく》など日常で使う品や、駄菓子を番小屋で売って暮らしの足しにしていたが、飛ぶように売れるのは冬の焼き芋だという。

火事の多い江戸では火の扱いに制限があり、火を使う焼き芋を売ることは駄菓子屋には許されていなかった。火事が起これば半鐘を鳴らし、火の用心も仕事の内である木戸番だからこそ、さつま芋を焼いて売ることが許されたのである。

番小屋へ焼き芋を買いにいくのは、たいていが身分の低い庶民――確かに、振袖をまとった良家の子女では行きづらいだろう。焼き芋が食べたくなった時は、下女などの奉公人を買いに走らせるはずだ。

老若男女を問わずにみな焼き芋を好むと聞いているが――振袖姿のお嬢さんが焼き芋を欲している姿を目の当たりにして、ちはるは驚いた。

食うに困る貧乏暮らしには戻りたくないが、いくら裕福でも気軽に焼き芋を味わえない暮らしも考えものだ――と思った瞬間、ちはるの頭の中で何かが瞬《また》いた。

焼き芋を食べたい――だけど恥ずかしい――。

「隠す……」

朝日屋の『玉手箱』が頭に浮かんだ。

こんがり狐色に揚がった小箱の中に、何が入っているかわからない楽しみもあったはずだ。重陽の節句に評者が初めて食べた時も、驚きと喜びを感じてくれていた。

贈り物のように丁寧に包んだあの小箱の中に、さつま芋をいれたら――恥ずかしくて、さつま芋を買えない子女たちにも楽しんでもらえないだろうか。

もちろん、さつま芋を堂々と買える人たちにも味わってほしい。いつものように一本丸々かぶりつくのではなく、ちょいと上品に気取って口に運ぶ楽しみがあってもいいのではないだろうか。「晴れ」の日を楽しむように。

むくむくと、新たな料理への意欲が湧き起こってくる。

ちはるは朝日屋へ駆け戻った。


思いついた案を話せば、慎介は驚いたように目を見開いた。

「焼き芋を、玉手箱の中に閉じ込めるっていうのか――」

慎介は感心したように唸る。

「なるほど――『甘藷百珍《いもひゃくちん》』の中に『けんちん芋』なんて品目もあったが――」

甘藷百珍は、寛政元年（一七八九年）に刊行された、さつま芋の料理書である。

「だが、あれは、生のさつま芋をすり下ろして使ったはずだ。他の具と一緒に湯葉で包んで、胡麻油で揚げるんだ」

慎介は、ちはるの顔を覗き込んだ。

「おめえが考えているのは、あくまでも『焼き芋』なんだろう?」

「はい……」

歯切れの悪い返事になった。

思う存分、気兼ねなく、誰でも焼き芋が食べられれば――という思いから浮かんだ案は、我ながら良案だと思っていたのだが、慎介に確かめられたとたん自信が揺らいでしまう。

「悪くはねえよ。食べる人のことを思って一生懸命に考え出した案は、何だって悪くねえ。だが、実際に膳の上に載せられるかどうかは、また別だ」

　慎介は思案顔で顎を撫でさすった。

「さつま芋を使った品を、甘い菓子として出すのか、醬油煮なんかにして菜の一品として出すのか――包む皮は『秋の玉手箱』みたいに、ぱりっとさせるのか。それとも今度は助惣焼きみたいに、しっとりさせるのか――いろいろやってみなくちゃならねえぞ」

「はい！」

　あくまでも前向きに考えてくれる慎介の気持ちが嬉しい。

　客と料理のことだけ精一杯考えようと、ちはるは改めて思った。

　蒸《ふ》かしたさつま芋で作った餡を使ってもよいが、やはり焼き芋の香ばしさは出ない。

「やっぱり、焼いたほうがいいと思います」

「うん」

「焼き芋で作った餡のほうが、蒸かし芋で作った餡より、ねっとり力強い甘さになりました」

　慎介が大きくうなずく。

「じっくり火を通して焼いたほうが、甘みが強く出るからな。毎回ちゃんと芋の味を見てから決めねばならんが、焼き芋を使うのであれば、砂糖を入れる必要もないだろう」

慎介は首をひねって、ちはるが平鍋で焼いたさつま芋の残りを見下ろした。

「堀江町の番太郎が、滅法《めっぽう》美味い焼き芋を作るんだ。火入れに、こつがあるらしい」

番太郎とは、木戸番の俗称である。

「焼き芋は、そこから仕入れよう。近いから、今からひとっ走りして、話をつけてくるぜ」

言うや否や、慎介は出かけていった。

しばらくして、大量の焼き芋を抱えて戻ってくる。

「さっそく試してみるぞ」

焼き芋をつぶして練った餡を、小麦粉と水で作った薄い生地で包み込んだ。それを揚げるか、焼くか、また吟味する。

「どら焼きみたいにしてみるか」

江戸で売られている「どら焼き」は、小麦粉で作った生地を鉄板に丸く流して餡を入れ、包んで焼いた物だ。小さな四角にして、四方を焼いた物は、金鍔《きんつば》と呼ばれている。

「生地の厚さをどのくらいにするか――形を四角くすれば『冬の玉手箱』と名づけられるが――」

慎介の言葉にうなずいてから、ちはるは首をひねった。

「金鍔みたいにするんなら、焼き芋の代わりに、ちょっとした手土産にできそうですね」

慎介の目が鋭く尖った。ちはるは慌てる。

「もちろん、うちは菓子屋じゃないんで、お土産を第一に考えているわけじゃありません。ただ、焼き芋の案を思いついたのが、自分じゃ焼き芋を買いにいけないお嬢さんを見かけたことがきっかけだったんで、つい、そんな想像が頭をよぎって——すみません——」

「何で謝る?」

慎介は、ふっと表情をやわらげた。

「食べる人のことを思って一生懸命に考え出した案は、何だって悪くねえと言っただろう。食べる人の姿を思い浮かべながら料理を作るのは、ものすごく大事なことだ」

慎介は目を細めた。

「おめえが言った『ちょっとした手土産』って言葉に、おれは『冬の贈り物』なんて名はどうだろうかと思ったんだよ。大っぴらに『土産はいかがですか』と売り出すつもりはねえが、もし、焼き芋を恥ずかしがるような娘さんに買っていってやりたいと思うような食事処の客がいたら——」

慎介は言葉を切って、首を横に振った。

「いや、やっぱり四角じゃ駄目だ。芋の形にしたほうがいいな」

ちはるは腕組みをして宙を睨んだ。

「小さな小箱に入った焼き芋を喜ぶお嬢さんはいると思いますけど……それじゃ駄目ですか？」

慎介は顎に手を当て、あひるのくちばしのように唇を尖らせる。

「焼き芋を食いたがるようなお嬢さんだぞ。気取って洒落《しゃれ》た物にする必要はないんじゃねえのか。むしろ、素朴な芋の形が喜ばれる気がする」

「なるほど……」

慎介はそろばんを弾くように、こめかみを指でつついた。

「あとは——そうだな——おれとおめえの二人で、手土産にまで手を回せるかどうかだが——何日の夜に、いくつ入り用か、事前にわかっていれば用意できるんじゃねえかな」

ちはるの胸が、わくわくと躍った。自然と口角が引き上がってくる。

慎介がたしなめるような苦笑を浮かべた。

「だが、混んでいる時に上手くやりきれるかどうか、わからねえ。この辺りの話は、怜治さんにも相談しなきゃならねえぞ」

ちはるはうなずいた。

「そうですよね。仲居だって、たまおさん一人しかいないし——」

小さなため息をつくちはるの背中を、慎介がぽんと叩いた。

「とにかく、焼き芋の餡で作った物を、みんなに試し食いしてもらおう。焼き芋の皮を入れるか、取るか、それも決めなくちゃならねえ」

「はい」

ちはるは慎介とともに、焼き芋を手に取った。


客が帰ったあとの入れ込み座敷で、朝日屋の一同が車座になる。

「こちらが新作の『小蜜芋《こみついも》』になります」

慎介が居住まいを正して一同を見回した。

「焼き芋で作った餡を、小麦粉の皮で包みました。皮の材料は『玉手箱』と同じですが、今回は揚げずに、焼いてあります」

小皿に載せた芋菓子に、怜治が顔を寄せた。

「本当に、芋の形をしていやがるじゃねえか。二寸（約六センチメートル）あるのか？ ひと口で終わっちまうな」

ちはるは慎介と顔を見合わせた。

怜治だから「ひと口で終わっちまう」のだ。恥ずかしくて焼き芋を買えないお嬢さんであれば、ふた口か、み口の大きさだろう。

たまおが小皿を手にして目を細めた。

「この小ささが可愛いわ。白いお芋って、本物にはないから、ちょっと珍しい感じで、それもいいわね」

たまおの言葉に、ちはるは安堵した。

もっと本物のさつま芋に似せて、皮に色をつけてみようかとも考えたのだが、慎介に相談した結果、小蜜芋に手をかけ過ぎて他の料理がおろそかになってもいけないという話になったのだ。朝日屋は菓子屋ではない。まずは白いままでいこうと決めていた。

綾人が小蜜芋を菓子楊枝で半分に切り、ぱくりと口に入れた。

「ねっとりした甘さと、香ばしさ――焼き芋の名残《なごり》を、しっかり感じるよ」

怜治が小蜜芋を指でつまみ上げた。

「やわらけえな」

ばくりと、かぶりつく。一気に口に入れた。本当に、ひと口だ。

「おっ――」

怜治はもぐもぐと口を動かした。

「うめえじゃねえか。もっちりした皮に、ねっとりした餡が、よく馴染んでるぜ」

たまおが小蜜芋を味わいながら、うっとり目を閉じる。

「小さいから、いくつでも食べられちゃいそう。緑茶とも合うわねえ」

たまおは茶を飲んで、ふうっと息をついた。

「この香ばしさは、やっぱり焼き芋ならではよねえ。蒸かした芋では、また違っていたわね」

いかにも満足という表情に、ちはるは嬉しくなった。

焼き芋の香ばしさを強く残すため、あえて皮を少し混ぜようかとも思ったのだが、口当たりのよさに重きを置いて、けっきょく、すべて丁寧に取り除いたのだった。

だが皮を入れずとも、焼き芋の味や香りをしっかり楽しんでもらえたようで、よかった。

たまおが湯呑茶碗を手にして微笑む。

「今回は『玉手箱』よりも、少し皮を厚くしてあるのね」

ちはるはうなずいた。

「紙のように薄く焼くよう心がけたのは同じなんですけど——今回は、透き通るような白さを目指すのではなく、透き通らない白さになるよう仕上げました」

怜治が指をぺろりと舐めて、満足そうに口角を引き上げる。

「これで新作が決まったな。明日さっそく、手土産用の小蜜芋を作ってくれよ。兵衛のところへ持っていくからよ。あいつにも食わせておかなきゃ、うるせえだろう」

たまおに差し出された手拭いで指を拭うと、怜治はにやりと笑った。

「朝日屋の新作を町中に宣伝しろと、兵衛に言ってくるぜ。小蜜芋をどんどん売り出さねえとな」

慎介がわずかに眉を曇らせる。

「手土産の件なんですが――混んだ時に、おれとちはるの二人で抜かりなく手を回せるかどうか、正直、少し不安が残っていまして……」

「だろうな」

怜治はあっさりうなずいた。

「手土産のほうは、追い追いってことにしようぜ。まずは『新作ができました』って宣伝だけ派手にやってよ」

怜治はこめかみを指でかきながら、空になった皿へ目を落とした。

「手土産にもできるって話は、まずは常連客の耳にだけ、そっとささやいておけばいいんじゃねえか。人選は、兵衛に任せよう。ほどよく、ゆるりと、おまえたちの負担にならねえ程度に都合よく受けられるよう、兵衛にも知恵を出させればいい」

慎介は「なるほど」と納得顔になった。

「手土産は、うちの膳を食べにきた客だけに限る――という決まりを作ってもいいかもしれませんね」

「一日十個までとか、二十個までとか、数に決まりをつけてもいい。その辺りも、追い追い決めていこうぜ」

「はい」

慎介が一礼する。ちはるも続いて礼をした。

怜治は胸の前で両手の拳を突き合わせて、にたりと笑う。

「朝日屋の新作――きっと、みんな喜んでくれるぜ」


兵衛の仕事は早かった。

小蜜芋を客に出し始めて二日目には、朝日屋が新作菓子を出したと町内に知れ渡っていた。

食事処が開くなり「今日は食後の菓子に、小蜜芋とやらが出るんだろう?」と、綾人やたまおに訊ねてくる客もちらほらいた。

笑顔で膳を食べ進めた客たちは、小蜜芋を興味津々に眺めてから、ぺろりと平らげていく。

「あぁ、満足だ」

調理場の近くに座っていた客の一人が腹をさすりながら、慎介に顔を向けた。白髪の老爺で、商家の隠居といった風情だ。さっきたまおが下げてきた、この客の膳は、すべて空になっていた。

「今日も美味かったよ。飯の炊《た》き加減もよかったし、小松菜の味噌《みそ》汁の味加減もよかった。いなだの塩焼きは皮がぱりっとして、身はふっくらで――いなだといえば、刺身を辛子酢であえるのが一番いいと思っていたが、塩焼きがこんなに美味いとは知らなかったよ。焼いた人の腕がいいんだねえ」

　ちはるは尊敬を込めた眼差しで、慎介を見つめた。今日いなだを焼いたのは、慎介である。

　慎介は仕切りの前に立って一礼した。

「ありがとうございます。励みになります」

　老爺は人のよさそうな笑みを浮かべた。

「豆腐田楽も、煮物も、あさりの酒蒸しも、どれも見事な味だった。最後に出てきた焼き芋の菓子には、舌がとろけるかと思ったよ。形も可愛らしいが、『小蜜芋』という名も可愛らしいね」

　ちはるは顔をほころばせた。老爺が笑みを深めて、優しい目をちはるに向ける。

「うちの孫娘が喜びそうな菓子だったよ」

　ちはるは思わず胸の前で両手の拳を握り固めた。

　お嬢さんにも焼き芋を――という思いがもとで生み出した菓子なのだ。初心が客に届いたという心地になった。

　ちはるも仕切りの前に立ち、老爺に向かって丁寧に一礼する。

　にこにこしていた老爺が、「けれど」と首をかしげた。

「朝日屋の膳が一汁四菜なのは、なぜだね。四は、死に繋がるので、忌むべき数になるんじゃないのかい？」

「朝日屋では、幸せの『し』になるのさ」

左右の入れ込み座敷を突っ切る通路を、怜治が悠然と歩いてきた。

「現に、悲しみに暮れて江戸へやってきた男は、朝日屋に泊まって生きる力を取り戻し、笑顔で国元へ帰っていったぜ」

老爺は納得顔で、目の前にやってきた怜治を見上げる。

「なるほど、幸せの四か――」

怜治は得意顔で胸を張った。

「朝日屋で飯を食えば、きっといいことがあるぜ。何てったって、うちは、一陽来復の宿だからよ」

主の怜治を始め、奉公人たちもみなわけありだという噂を知っているのだろう。老爺は感心したように何度もうなずきながら帰っていった。

食事処を閉めた深夜――。
突然ばたんと大きな物音が上がって、ちはるは跳ね起きた。夜着が肩からずれたとたん、凍えるような冷気が体に覆《おお》いかぶさってくる。ちはるは、ぶるりと身を震わせた。夜着を肩まで引っ張り上げるが、着物の隙間から入り込んだ冷気が体にまとわりついて離れない。

てくる。

暗闇の中、寒さをこらえて布団の上で耳を澄ませば、調理場のほうから男の声が聞こえてくる。

慎介が夜中に思い立って試作でも始め、大きな物を落としてしまったのだろうか――右腕に痛みが走って、鍋か何か、つかみ損ねたとか――。

手燭《てしょく》に火を灯して、ちはるは寝巻のまま調理場へ走った。

「大丈夫ですか⁉」

駆け込んで、唖然《あぜん》とした。

暗がりに手燭をかざせば、調理場の隅で黒ずくめの男を取り押さえている怜治の姿が小さな明りの中に浮かび上がった。うつぶせにした背中の上に馬乗りになって、暗闇の中で器用に男の手首を縛り上げている。

ちはるとほぼ同時に駆けつけていた慎介が「あっ」と声を上げた。慎介の手燭の明りは、怜治から調理台の上に移っている。

ちはるも手燭の明りを動かした。ふたつの明りに照らされたのは、調理台の上に置かれている大皿だ。皿の上には、小さな白い物がいくつも載っている。

ちはるは眉をひそめた。

「小蜜芋……？」

呟いてから、首をかしげた。

なぜ、こんなところに小蜜芋があるのだ。

「慎介さん、寝る前に作って、ここに置いておいたんですか？」

「いや。おれは知らねえ」

慎介は調理台に近づいた。ちはるも、あとに続く。

手燭で皿を照らしながら、二人そろって顔を近づけた。

形は小蜜芋に似ているが、米の甘いにおいが漂ってくる。かすかに塩の香りも――よく見れば、小さな芋のような形は、たくさんの米粒でできていた。

「これは芋形の握り飯ですか……？」

ちはるの言葉に、慎介が驚いたように怜治を見た。

「この頃夜中に腹が減るからと言って、おれに作らせた握り飯――ひょっとして、あれを⁉　昨日も今日も、でかい握り飯をいくつか作って大皿に載せておいてくれと言われましたが――」

慎介の手燭に再び照らされた怜治が、にっと得意げに笑う。

「ちいせえ芋形に作り直すのは、面倒くさかったぜ」

「いったい何だって、そんな真似をしたんですか」

慎介は手燭の明りを、怜治に取り押さえられている男の顔に向けた。だが手拭いを盗人かぶりにしているので、顔が見えない。

慎介はつかつかと歩み寄り、男の手拭いを剝《は》ぎ取った。怜治が男の顎に手をかけて、ぐいっと顔を上げさせる。

「巳之吉《みのきち》……」

しわがれた慎介の声が小さく響いた。

明りに照らされた男の顔はひどくゆがんでいて、浮世絵に描かれた物《もの》の怪《け》を思い起こさせる。

巳之吉と呼ばれた男は癇癪《かんしゃく》を起こした子供のように、強く嚙みしめた歯をむき出した。

「ちくしょうっ、騙《だま》しやがって！　この嘘つきめっ」

怜治が巳之吉の頭に拳骨を落とした。ごつっと音が上がる。

「いっ――てえ――」

「うるせえ。黙れ。てめえに嘘つき呼ばわりされる筋合いはねえんだよ」

怜治は立ち上がると、後ろ手に縛った巳之吉を引っ張り起こした。

巳之吉の顔を照らす明りが、ゆらゆらと揺れる。手燭を持つ慎介の左手が小さく震えていた。

「何で――何で、巳之吉がここにいるんだ⁉　親が病に倒れて、国元へ帰ったはずだろう」

「それは真っ赤な嘘だったのさ」

怜治が巳之吉の襟首を後ろからつかんで、ぐっと一歩前に出させた。慎介の正面に、顔を向けさせる。

「巳之吉は体《てい》のいい嘘をついて福籠屋を辞めたあと、すぐ黒木屋に入ったんだ」

慎介は呆然《ぼうぜん》とした顔で巳之吉を見つめた。

「辞めて、すぐって――ずいぶん前じゃねえか」

巳之吉が「へっ」と嘲りの笑みを浮かべる。

「同じ江戸にいても、気づかれねえもんだな。まあ、あのあと福籠屋は大変な事態になっていったから、本石町におれがいると知る余裕もなかったんだろうがよ。おれが辞めたあとも、奉公人はどんどん減っていったしな」

ざまあみろと言わんばかりに、巳之吉は口角を引き上げた。

「偉そうに、おれに『駄目だ、駄目だ』とばかり言っていたから、自分が駄目になっちまったんだよ！」

慎介は唇を震わせる。

「おめえが、おれのやり方に不満を持っていたのはわかっていたつもりだが……意趣返しのつもりで黒木屋に加担したのか……？」

巳之吉は、ふんと鼻を鳴らした。

「おれは何もしちゃいねえよ。ただ、自分の才を高く買ってくれる店に移っただけさ。よくある話だろう」

　慎介は気を静めるように、肩を上下させて大きく息をついた。左手に持った手燭の炎が、まったく収まらぬ怒り声のように、ぶわりと揺らめく。

　巳之吉は憎悪のこもった目で慎介を睨みつけた。

「あんたが認めなかった、このおれが、黒木屋では腕利きの料理人なんだ。そのうち、暖簾分けだってしてもらえる」

　慎介の体がわなわなと震えた。手燭の炎も小刻みに揺れる。

　不意に怜治が、くすくすと笑い出した。

「本当に救いようのねえ馬鹿だな。黒木屋の嘘を見事に真に受けやがってよ」

　巳之吉は腕を押さえられたまま、怜治を振り返る。

「何だと⁉　おれは黒木屋に入ってすぐ、店の味つけを任されているんだぞ！」

　怜治は笑いながら首を横に振る。

「黒木屋が欲しかったのは、福籠屋の味だろう。福籠屋ではどんな料理を出していたか、根掘り葉掘り聞かれたんじゃねえのか」

　巳之吉が黙り込む。それ見たことかと言わんばかりに、怜治は笑みを深めた。

「黒木屋にとって、おまえが本当に大事な料理人なら、今日だって、ここへ忍び込ませたりはしねえだろうよ」

巳之吉は口をつぐんだまま、調理台に目を向けた。

小蜜芋に似せて作られた小さな握り飯が、大皿の上に並んでいる。

怜治は呆れ返ったような顔で巳之吉を見て、はあっと息をついた。

「ちはる、茶を淹れろ。その握り飯と一緒に座敷へ運べ。綾人は、そっちに明りをつけろ」

振り返れば、仕切りの向こうに綾人が立っていた。ちはるが巳之吉に気を取られている間に、二階の奉公人部屋から下りてきていたのだろう。

綾人が入れ込み座敷の行燈に火を灯す。

ちはるは火を熾《おこ》して茶を淹れた。

いつもより夜が長く感じる。

行燈の明りが入れ込み座敷を柔らかく照らしている。

巳之吉は後ろ手に縛られたまま、ふてくされた表情で座っていた。その横では、怜治がどっかり胡坐をかいている。怜治の後ろには綾人が控え、慎介は巳之吉の真正面で居住まいを正していた。

それぞれの前に茶を置いて、ちはるは慎介のななめ後ろに腰を下ろす。少し首を巡らせれば、全員の顔が見える場所だ。

疲れや怒りをまぎらわせたくて、ちはるは湯呑茶碗を手にした。

湯呑茶碗を包み込む両手に、茶の熱がじんじんと伝わってくる。調理場で冷え込んだ体が、手の平から温まっていく。

ちはるは、ほうっと息をついた。

湯呑茶碗を顔に近づけ、鼻から息を吸い込めば、緑茶の香りが心の高ぶりを優しくなだめてくれる。ひと口飲んで、熱い茶が腹の底へ落ちていくと、体の芯からじわりと慰《なぐさ》められたような心地になった。

慎介も湯呑茶碗を口に運んだ。そっと窺えば、心なしか、茶を飲んだあとの表情がほんのわずかにやわらいだように見えた。

綾人も湯呑茶碗を両手で持ちながら、目元と口元を少しゆるめている。

怜治はのん気な顔で茶をすすりながら、大皿の上の小さな握り飯を頬張っていた。

手を後ろで縛られている巳之吉だけが、みなの湯呑茶碗を恨《うら》めしそうに睨んでいる。深夜の冷え込みに、茶を飲んで温まりたいのだろう。だが巳之吉にまで茶を淹れてやるほど、ちはるはお人よしではない。

「念のため聞いておきますが――」

怜治に向かって、慎介が口を開いた。

「朝日屋の新作は、調理場でひと晩寝かせておかなきゃ仕上がらねえとか何とかいう嘘を撒《ま》いて、黒木屋の手の者をおびき寄せようとしたんですね？」

「おう。兵衛に小蜜芋の宣伝を任せた時、ちょいと頼んであったのよ。その仕上げに味の秘密があるんだと、黒木屋に関わりのありそうな者の耳に入れておけってな」

怜治は茶を飲んでから、巳之吉に向かって身を乗り出した。

「朝日屋の料理を真似しておきながら、黒木屋が本家本元でございと吹聴するような連中だぜ。てめえたちだけで新しい料理を考え出せるはずがねえ。そうだろう、巳之吉？」

顔を覗き込まれた巳之吉は悔しそうに唇を嚙んで、そっぽを向いた。

「盗むやつってえのは、二度、三度と、くり返すんだ。誰かが汗水垂らしてやっと手に入れた物でも、お構いなしさ」

淡々とした怜治の口調が重く響いた。

「黒木屋は、人の入れ替わりが激しいらしいな。料理人も、仕入れ先も、よく変わるって話だ。藤次郎は商売柄、料理屋に顔を出すことも多いらしいが――よっぽどのことがない限り、黒木屋へは食べにいきたくねえと言っていたぜ。理由がわかるか？」

巳之吉は眉間にしわを寄せ、戸惑い顔になる。

「黒木屋では、浅い味しか感じたことがねえってよ。腹の底から湧き上がってくるような驚きや喜びが、まったく感じられないんだとさ」

怜治は目を細めて苦笑する。

「もちろん、その浅い味の中には、おまえの料理も入っているんだぜ。ちょっと前に、なりゆきで仕方なく、黒木屋へ行くはめになったと言っていたからな」

巳之吉の顔に恥辱が浮かんだ。

「おまえに慎介は超えられねえよ」

とどめを刺すように、怜治は続けた。

「浅はかな料理しか作れねえから、おれが仕組んだ子供騙しの罠にあっさり引っかかっちまうのさ。出たばかりの新作なら、まだ世に広まりきっていねえから、素早く盗んで黒木屋で売っちまえば、自分が生み出した品として世間に認められるんじゃねえか――そんな浅知恵で頭ん中をいっぱいにしているから、おれがわざと開けておいた裏木戸も勝手口も、おかしいと思わずに、のこのこ入ってきやがるのさ」

図星を指されたようで、巳之吉はぐうの音も出ない。

怜治は大皿の上に残っていた小芋形の握り飯を手にした。大口を開けて、これ見よがしに巳之吉の前で頬張る。巳之吉は唇を嚙みしめて、じっと怜治を睨んでいた。

慎介が、ため息をつく。

「巳之吉は器用だ。教えたことは、すぐに覚える」

悲しげな声が、ぽつりと落ちた。行燈の火明りが、慎介を慰めるように小さく瞬いている。

「だが、それだけなんだ。おれが教えた料理に近い味は出せるが、その先がねえ」

慎介は頭を振った。

「自分の味を追い求める気持ちと、食べてくれる客への思い――料理人にとって大事なものが、巳之吉には欠けていた」

慎介の声には無念がにじみ出ている。

「巳之吉がおれに福籠屋を辞めると言った時、『親が病に倒れたから、国元へ帰って、孝行がしたい』という言葉が出たんだ。親のため――その気持ちがあれば、巳之吉は大丈夫なんじゃないかと思った。だから国元で料理人を続けると言った巳之吉を、快く送り出したんだ」

それなのに嘘をつかれていた――ちはるは慎介の心情をおもんぱかった。

信じていた者に裏切られる痛みは、ちはるも知っている。

ちはるは悲しい思いで、大皿の上に残っている小芋形の握り飯を見つめた。

「藤次郎は、巳之吉が黒木屋にいることを知らなかった」

怜治の声に、ちはるは顔を上げた。怜治は哀《あわ》れむような目を巳之吉に向けている。

「福籠屋にいたおまえがすぐ黒木屋に移ったと世間に知られては外聞が悪いからと言って、惣衛門は店の奥におまえを隠したんだろう？　おまえはずっと日陰の身で、料理を作り続けていたんじゃねえのか」

巳之吉は唇を引き結んで、ふるふると首を横に振った。

「黒木屋の旦那は、おれに、いい部屋をあてがってくれた。食材だって何だって、使いたい放題だし——いずれ娘婿にも考えると——おれはいずれ江戸一番の料理人になって、お大名が食べにくるような立派な店と大金を手にするんだ——」

怜治は微苦笑を浮かべた。

「本気で言ってんのか？　黒木屋にとっちゃ、おまえなんか使い捨てだぜ」

巳之吉は泣きべそをかく。

「だって——そんな——おれは、こんなところで終わる男じゃねえよ」

夢から覚めたくないと言わんばかりに、巳之吉は身をよじった。

「手の縄をはずしてくれ。金なら用意するから。調理場に入り込んだだけで、おれは何も盗んじゃいねえだろう？　なあ、頼むよ。功名心につけ込まれただけなんだっ」

巳之吉はなり振り構わず、慎介ににじり寄ろうとした。途中で怜治に押さえつけられ、板張りの床に転がりながら、すがる目を慎介に向ける。

「親方、助けてくれよ。見逃してくれたら、朝日屋が繁盛するよう力を貸すから。泊まり客が押し寄せるよう、おれが——」

「見くびるんじゃねえ！」

怜治が怒鳴った。中腰になって巳之吉の上半身を引っ張り起こし、ぐいと襟をつかみ上げる。

「おまえみたいな下衆《げす》の力なんざ、朝日屋には必要ねえんだよ。今後二度と朝日屋の名を口にするんじゃねえぞ。穢れちまうからな」

怜治は放り投げるように巳之吉の襟を放すと、背筋を伸ばした。

「こいつを詩門に引き渡してくるぜ。詩門も黒木屋を探っているらしいからよ」

お役目に関する事情はあえて聞かなかったが、詩門のおかげで巳之吉の置かれた立場などがわかり、黒木屋の動きも読みやすくなったのだという。

巳之吉を引っ立てて、怜治は裏口から出ていった。

慎介は引き止めなかった。


いつもと同じように日が昇る。

ほんの少しだけ自室で休んでから、ちはるたちは気合を入れて仕事に取りかかった。寝不足ではあったが、当然、手は抜けない。自分たちの事情など、客には関わりのないことだ。

食事処を訪れる客たちは、金を払って、美味い物を食べにくる。期待に応えられねば、客を失ってしまうのだ。

それに、ちはるは、商売を超えた真心を膳の上に載せたかった。

朝日屋の膳は、幸せの膳――。

食べた人たちに、喜びを感じてもらいたい。

そのためにできることは、何でもしなくては――。


詩門のところから戻ってきた怜治が入れ込み座敷に一同を集めた。

通いのたまおと、呼びつけられた兵衛に、昨夜の一件を話し終えると、怜治はうんざりしたような顔であくびを漏らした。

「詩門から聞いたんだがよ。黒木屋は、この場所が欲しかったようだぜ」

慎介が怪訝顔で床を撫でる。

「まさか床下に隠し金でも埋まっているんですか？」

「そんなはずはないよ」

即否定したのは兵衛である。

「隠し金なんかあったら、ここの間取りを変える時に大工たちが気づいただろうよ。床板も剝がして造り変えたんだから」

怜治が面倒くさそうな顔でうなずく。

「もう少し正しく言うと、欲しがったのは、黒木屋の恩人らしい。詩門は名を明かさなかったが、そいつは大儲けしている大商人で、黒木屋が店を出す時に大金を貸してやったらしいんだ」

　怜治は事のあらましを、ざっと語った。

　大商人は、上菓子屋である娘婿に今よりもっと大きな店を与えようと、日本橋に場所を探していたが、適当なところがなかった。そこで今ある店に大金を払って、場所を譲ってもらおうとしたのだが、なかなか上手くいかなかったのだという。

「当たり前だよ、そんなの。金で何でもできると思ったら、大間違いさ」

　兵衛が憤りの声を上げる。

「いい場所に店を構えたいと思うのは、みんな同じなんだ。日本橋で商売ができることに誇りを持っている店も多いんだから――」

　兵衛は、はっと慎介の顔を見た。

「だけど、うちや福籠屋には『大金を出すから場所を譲ってください』なんて話は一度もなかったよねえ。いきなり柄の悪い連中を送り込まれたじゃないか」

　慎介はうなずく。

「百川にはとても太刀《たち》打《う》ちできないが、福籠屋であれば脅しで何とかなると思われたのかな――」

「詩門の意見も、そんなところだったぜ」

　一同の目が怜治に集まる。

「場所を用意できなきゃ、貸していた金をすべて返せと迫られて、黒木屋はあせったらしい。それで福籠屋を潰して、強引に場所を奪おうとしたのさ」

兵衛が拳を握り固めて膝立ちになる。

「冗談じゃないよっ。そんなことで慎介さんは大怪我を負わされたって言うのかい⁉　黒木屋みたいなやつは、きっと陰でもっと悪いことをしているよ。まったく、お役人は何をやっているんだろうねえっ」

「詩門も懸命に探っているのさ」

降参するように怜治が両手を軽く挙げた。

「だが、悪事の証が出てこねえ。詩門がつかんだ黒木屋の内情も、又聞きの話が多くて、どこまでが本当かわからない点もあるらしいんだ」

兵衛は恨みがましい目で、じとっと怜治を見た。

「火盗改は、荒っぽい詮議がお得意だろう。無実の者も強引に引っ立てて、取り調べを行うそうじゃないか。黒木屋が無理でも、福籠屋に乗り込んできたやつらを捕まえて、吐かせれば――」

「やつらは、もう江戸にはいねえ。黒木屋の用心棒たちも、しょっちゅう入れ替わっているらしいから、無理だな」

兵衛は気を静めるように、居住まいを正した。

「わたしは別に、柿崎さまや怜治さんを責めるつもりじゃないんだ」

「そんなこたぁ、わかってるさ」

怜治は明るい笑みを浮かべた。

「だが、今回は巳之吉の件もある。黒木屋は知らぬ存ぜぬを貫き通すだろうが、二度と朝日屋に手出しできねえよう、きっちり釘を刺しておくと、詩門が言ってたぜ。大商人は、娘婿を大奥御用達の上菓子屋にしたいらしいから、火盗改に目をつけられて、よけいな悪評を立てられたくはないだろうしな。今度こそ、きっと手を引くはずだぜ」

一同は、ほっと安堵の息をつく。

慎介が左手で自分の右腕をつかんだ。

「やっと、これで終わりか――」

腕に残った大きな傷をなだめるように、慎介はそっと右腕を撫でさすった。


日が暮れて、綾人が掛行燈に火を灯す。朝日屋の食事処が開く合図だ。

馴染み客たちが足取り軽く入ってくる。

下足番の綾人が客を入れ込み座敷へ案内し、たまおが注文を取りに向かった。

ちはると慎介は調理台の前に立ち、膳の用意を整えていく。

「本日のお膳は、白飯と、しじみの味噌汁。ほうぼうの煮つけに、根芹《ねぜり》のお浸し、人参と蓮根のぴり辛炒めと、こんにゃく田楽――食後の菓子は、小蜜芋でございます」

たまおの説明に、客が歓声を上げる。

「楽しみだなあ。早く食べたいよ」

顔を上げれば、仕切りの向こうで幸せそうな笑みを浮かべている客の姿があった。

ちはるは微笑んで、膳に料理を載せていく。

でき上がった膳を、たまおが受け取りにきた。

「お運びいたします」

「お願いします」

たまおに膳を託して、ちはるは再び包丁を握った。ただひたすら、心を込めて、手を動かしていく。

ちはるの隣では、慎介の包丁が軽やかな音を上げていた。

第三話　小さな日輪

火のついたような泣き声が通りに響き渡った。

ちはるは葱を刻む手を止めて顔を上げる。

泣き声は、表戸のすぐ向こうから上がっているようだ。通り過ぎていく気配もない。

綾人が怪訝顔で表戸をそっと引き開けた。

情けなく眉尻《まゆじり》を下げた兵衛が暖簾の下に突っ立っている。

「食事処が開くまで、まだ間があるとはわかっちゃいるが、この子たちに何か食べさせてやってくれないかねえ」

兵衛の背後には、申し訳なさそうにうつむいている中年男――その両手は、幼い子供二人の手と繋がれていた。

泣きわめいているのは、四歳くらいの男児だ。顔が鼻水まみれになっている。

もう一人は、六歳くらいの女児だ。こちらは泣くのをこらえているように唇を引き結んで、じっと前を睨んでいる。

「いったい何の騒ぎだ」

階段を下りてきた怜治が眉間にしわを寄せながら、兵衛の前に立つ。子供たちと兵衛の顔を見比べて、首をかしげた。

「おまえの隠し子か？」

「そんなわけないでしょう！」

怜治を押しのけ、兵衛は土間へ足を踏み入れる。

「杉蔵《すぎぞう》さん、おちか、鶴蔵《つるぞう》、みんな入っておいで！」

入れ込み座敷へどっかり座り込む兵衛のあとに、恐縮顔の杉蔵が続いた。杉蔵に手を引かれ、おちかと鶴蔵も入ってくる。

おちかは黙って杉蔵の隣に腰を下ろしたが、鶴蔵は入れ込み座敷の端に突っ立ってまだ泣きわめいている。

ちはるは慎介と顔を見合わせた。

「泣くほど腹が減っているのか？」

「さあ、どうでしょう……ものすごく機嫌が悪そうですけど……大人と同じ膳を出していいんでしょうか？」

「うーん」

慎介は困惑顔で子供たちを見つめた。

おちかは身じろぎもせずに黙り込み、鶴蔵は手足をばたつかせながら泣き続けている。

二人とも、たまおが運んでいった茶にも水にも見向きもしない。

兵衛がすっくと立ち上がり、仕切りの前に来た。

「慎介さん、突然すまないね」

兵衛はひそひそ声を出しながら、両手を合わせる。

「握り飯と汁物でも出してもらえないだろうか」

「それくらいなら、お安いご用だが……」

慎介も仕切りの前へ行って、小声を出した。

「わけありかい」

兵衛がうなずく。

「詳しい事情はあとで話すけど、三日前に、杉蔵さんの女房が突然出ていっちまったんだよ。それ以来、下の子は泣いてばかりいるんだってさ」

入れ込み座敷へ目をやれば、杉蔵はげっそりした顔で、泣きわめき続ける鶴蔵を眺めている。ぼんやりした目つきと、時折ひくりとゆがむ口元が、追い詰められた杉蔵の焦燥を物語っているようだ。

慎介は痛ましげな目を子供たちに向けた。

「無理もねえ。おっかさんが恋しくて、胸が張り裂けそうになっちまっているんだろうよ。上の子だって、泣くのを我慢しているんじゃねえのか。かわいそうに」

兵衛がうなずく。

「杉蔵さんは、わたしが懇意にしている呉服屋に品を納めている仕立師なんだけどね。期日の迫った仕事を抱えながら、一人で子供たちの世話をして、切羽詰まっちまっているんだよ」

兵衛は入れ込み座敷を眺めて、ため息をついた。

「仕事に追われながら、子供たちのために菜《さい》（おかず）を作っても、鶴蔵にはごっそり残されちまうんだってさ。白い米の飯だけは食べるって話だけど。せっかく作った物を見向きもされずに、相当まいっているようでさ」

ちはるは大きくうなずいた。

食事処に来た客たちの膳がごっそり残された状態で戻されてきたら――落ち込むどころの騒ぎではない。

「鶴蔵は、好き嫌いが多いのか？」

慎介の問いに、兵衛は首をかしげた。

「母親の作った物は、何でも、ちゃんと食べていたらしいんだけどねえ」

「杉蔵さんの作った物が不味いとか……？」

「おちかのほうは、ちゃんと菜も食べているらしいから、大丈夫だと思うよ」

兵衛は困り顔で、入れ込み座敷の親子三人を見つめ続ける。

「どうして鶴蔵が菜を食べてくれないのか、さっぱりわからないんだ。食べさせようと躍《やっ》起《き》になればなるほど、泣きわめくんだってさ。杉蔵さんが子供二人を抱えて途方に暮れていると知った呉服屋が『朝日屋の飯なら、鶴蔵も喜んで食べるんじゃないか』と言い出したんだけど……」

鶴蔵は相変わらず、わんわん泣き続けている。

兵衛はげっそりとした顔で額に手を当てた。

「こんなことになるとは思わず、安請け合いして、連れてきちまったんだよ。呉服屋が『朝日屋の料理はたいそう美味いと評判だ。そのうち番付にも載るだろう』なんて褒《ほ》めそやすものだから、わたしもすっかり気分がよくなっちまってねえ。呉服屋から話を聞いた時には、込み入った事情があるなんて露も知らずに『その仕立師を迎えにいってやるよ』なんて言って、長屋まで意気揚々と足を運んでさ」

呉服屋も「ちょっと女房が家を空けている」としか聞いていなかったらしく、てっきり実家にでも行っているのかと思い、杉蔵の話を深く聞かなかったのだという。

兵衛は大きなため息をついた。

「杉蔵さんたちの長屋まで行って、泣きわめく鶴蔵を見て、初めて『あれっ』と思ったんだ。杉蔵さんから仔細《しさい》を聞き出して、わたしも驚いたんだけどねえ。いったん関わっちまったものを放り出すわけにもいかないじゃないか」

慎介が唸った。

「おっかさんが出ていったんだ。周りの大人たちから見れば、派手なわりにたいしたことのない夫婦喧嘩だったとしても、まだ幼い鶴蔵から見れば、この世の終わりと同じくらい大きな事件なんじゃねえのか。気が滅入って、腹の調子までおかしくなっているのかもしれねえぞ」

慎介は、ちはるを振り返った。

「小さめの握り飯を作れ。具は入れなくていい。海苔もいらねえ。さっと塩だけまぶして握れ」

「はい」

すぐに取りかかった。

慎介は手早く味噌汁を作る。具は、溶いた卵だけだ。三日の間ほとんど白飯しか食べていないという鶴蔵の腹の調子をおもんぱかったのだろう。汁の中にふんわりと浮かび上がっている卵は口当たりが優しく、滋養もたっぷりだ。

握り飯を載せた皿と、溶き卵の味噌汁を折敷に載せると、すぐにたまおが取りにきた。

「お運びいたします」

「待て。これも一緒に持っていけ。鶴蔵が何に興味を示すかわからねえからな」

慎介が小蜜芋を載せた小皿を折敷の上に置いた。

「もっと食べられるようなら、仕込んである煮物も持っていけ。とりあえず同じ物を二人分用意したが、おちかのほうは何でも食べられるようだから、菜を欲しがるかもしれねえ」

「かしこまりました」

たまおは優しい笑みを浮かべながら折敷を運んでいく。

「さあ、どうぞ。お握りと、卵のお味噌汁ですよ」

鶴蔵の泣き声が弱まった。たまおが手にしている折敷をじっと見つめる。湯気の立ち昇る椀が気になるようだ。じょじょに泣き止んでいく。

「卵の味噌汁だってよ」

杉蔵が弾んだ声を上げて、鶴蔵を見た。

「よかったなあ。卵は、おめえたちの大好物じゃねえか」

たまおが折敷を置くと、杉蔵は一礼してから椀を手にした。溶き卵の味噌汁に、ふーふーと息を吹きかける。

「こりゃあ美味そうだ。卵が、ふわふわしてるぞ」

椀の中の卵に引き寄せられたかのように、鶴蔵は父親に近寄った。

「ほら」

差し出された椀に顔を近づけた鶴蔵の表情が、ぐにゃりと絶望したようにゆがむ。

「うわぁぁ！」

入れ込み座敷に絶叫が響き渡った。鶴蔵は顔を真っ赤にしながら、力つきた玩具《おもちゃ》のようにぺたりと床に座り込む。

「あぁあぁっ」

ちはるは唖然と鶴蔵を見つめた。

慎介も隣で呆然としている。

「何だ……いったい、どうしたってんだ……」

杉蔵がなだめようと声をかけても、鶴蔵は泣き止まない。ますます激しく泣き続けるばかりだ。

おちかが、むっと顔をしかめた。両手で両耳をふさぎ、いかにも迷惑そうに鶴蔵を睨みつけている。

「もう嫌だ。鶴蔵ってば、毎日ぎゃあぎゃあ泣いてばっかり。本当に、うるさいんだから」

たまおが苦笑しながら、おちかの顔を覗き込む。

「おちかちゃんは、溶き卵のお味噌汁を食べられる？　冷めないうちが美味しいわよ」

おちかは気を取り直したように、折敷の上を見た。湯気の立ち昇る味噌汁を凝視して、ごくりと唾を飲む。箸を取り、味噌汁に口をつけた。

ひと口飲んで、おちかは目を見開く。嬉しそうな笑みが顔中に広がった。

「美味しい」

おちかは溶き卵を口の中に入れて、満足そうに目を細めた。そのまま味噌汁を食べ進める。

ちはるは、ほっと息をついた。どうやら、おちかには気に入ってもらえたようだ。

鶴蔵は床に引っくり返って泣き続けている。杉蔵が立たせようと手を引っ張っても、抱き起こしても、すぐにまた泣きながら、ごろんと床に寝転がってしまう。

杉蔵の顔に、いら立ちが強く浮かび上がった。目の前にいるたまおたちに「すみません」と頭を下げながら、一向に泣き止む気配のない鶴蔵を険しい表情で睨みつけている。小さな息子を前に、大きな怒りが込み上げているようだ。

「鶴蔵、いい加減にしろ！　さっさと起きるんだ！」

怒鳴りつけられても、鶴蔵は起き上がろうとしない。手足をばたつかせて激しく泣くばかりだ。

握り固めた杉蔵の拳がぶるぶると震え出す。激高を嚙み殺そうとしているかのように、杉蔵は歯を食い縛った。見えない糸で引っ張り上げられたかのように、杉蔵の拳が振り上がる。

「鶴蔵――っ」

「ったく、うるせえなあ」

いかにも面倒くさそうな声を上げて、怜治が横からひょいと鶴蔵を抱き上げた。鶴蔵の両脇を両手で支えて高く持ち上げ、ぶらんぶらんと大きく揺らす。

「黙りやがれ、この野郎」

鶴蔵はきょとんと目を丸くして、口を引き結んだ。知らぬ男に突然抱き上げられ、揺さぶられて驚いた拍子《ひょうし》に涙が引っ込んだかのように、ぴたりと泣き止んでいる。

怜治は眉間にしわを寄せながら、鶴蔵を床に下ろした。

「卵は、おまえの大好物なんだろう？　それなのに、何で泣くんだ。いったい何が気に食わねえのか、言ってみろ」

ぐりぐりと怜治の拳骨で頭を押されながら、鶴蔵は恨めしげに折敷の上を睨んだ。

「あんなの卵じゃないよ」

怜治の眉間のしわが深くなる。

「あ？　何言ってんだ、おまえ。どっからどう見ても、あれは卵じゃねえか」

「違うもん」

鶴蔵は泣きべそをかきながら、違うと言い張る。

怜治が鋭い目で杉蔵を睨みつけた。

「おまえんちでは、子供に溶き卵を食わせたことがねえのか」

杉蔵は「えっ」と動揺したような声を上げた。

「食わせたことがねえってことも、ないと思うんですが――」

「どっちだよ」

怜治は舌打ちをして、おちかを見下ろした。

味噌汁を食べ終えたおちかは澄ました顔で握り飯を頬張っている。

「おい、どうなってんだ。鶴蔵は、溶き卵を知らねえのか」

口の中の物を飲み込むと、おちかは怜治を見上げた。

「おっかさんがいつも作ってくれるのは、甘い卵焼き。溶き卵は、うちじゃ、やらないの」

杉蔵が、おちかの顔を覗き込んだ。

「そうだったか？」

おちかはこくんとうなずいた。

「おばあちゃんちでは、たまに溶き卵のお粥を作ってたけど。あたしも鶴蔵も、向こうでは、ご飯を食べないから」

杉蔵がうつむいた。

「そうか……」

おちかは威張るように胸を張って、杉蔵の顔を見る。

「おっかさんも、向こうでは食べないよ。いつも、自分の家に帰ってから食べてる。だって、もし、おとっつぁんの仕事が早く終われば、おとっつぁんも一緒にご飯を食べられるでしょう？」

杉蔵はわずかに、おちかから顔をそらした。

「そうだな……」

「でも、一緒に食べられたことは、あまりないね」

「うん……」

おちかの言葉に打ちのめされたかのように、杉蔵はうなだれている。

怜治は呆れ顔を杉蔵に向けた。

「おい、かみさんが出ていったのは、ただの女のわがままってわけじゃなさそうだな」

「はあ……」

杉蔵はがっくりと両肩を落とした。

「実は、いろいろありまして……」

怜治は面倒くさそうに、後ろ頭をかく。

「あの――」

綾人が遠慮がちに、そっと声を上げた。

「どうしましょう。そろそろ――」

綾人は表戸のほうを気にしている。一同が目と耳を向ければ、閉じた戸の向こうに人の立っている気配がした。話し声も聞こえてくる。

「今日は、まだ開かないのかね」

「いつもより遅いですねえ」

食事処が開くのを待っている客たちがいるのだ。

杉蔵が申し訳なさそうな顔で立ち上がった。

「ご迷惑をおかけしました。おれたちは帰ります」

おちかと鶴蔵の手を引いて、杉蔵は下足棚へ向かった。

「待ちな」

怜治の声に、杉蔵が振り返る。怜治は調理場に顔を向けた。

「残った握り飯と小蜜芋を包んで持たせてやれ」

慎介がうなずいた。

「ちはる」

「はい」

ちはるが竹皮を用意している間に、たまおが折敷を下げてきた。握り飯と小蜜芋を手早く包んでいるうちに、慎介は煮物を蓋つきの小鍋に詰める。

兵衛が二つの風呂敷包みを持った。

「それじゃ送ってくるよ。また、あとで来るから」

杉蔵は二人の子供の手を引いて、何度も頭を下げながら帰っていった。

綾人が掛行燈に火を灯せば、表で待っていた客たちが入ってくる。

「長引かねえといいがな」

怜治の呟きは、入れ込み座敷のざわめきにかき消された。


食事処を閉めたあと、兵衛が再びやってきた。

「さっきは悪かったねえ。もうすぐ客が入る前の、忙しい時だったっていうのにさ」

兵衛は両手を合わせて、入れ込み座敷で車座になった一同の顔を見渡す。

「迷惑のかけついでに、明日からしばらく、杉蔵さん親子に昼の弁当を作って届けてやってくれないだろうか」

怜治が眉をひそめる。

「昼だけで済むのかよ」

兵衛は考えたくないと言わんばかりに、怜治から顔をそむけた。

「朝と夜は、杉蔵さんが何とかすると言っているんだ。朝に米だけ炊いておけば、棒手振から菜を買ってもいいしね。もう無理して作るのはやめると言っていたよ」

怜治は、ふんと鼻を鳴らす。

「だが三食となれば、棒手振から買うのも難しいから、うちに弁当を頼みたいと言っているんだろう」

兵衛は疲れ果てたように、ため息をついた。

「仕事が乗っている時でも、途中で手を止めなきゃならなくなるからねえ。自分一人だけなら、菜なんかなくてもいいんだけど、子供たちがいるからさ。鶴蔵はともかく、おちかが食べるからね。買い逃さないようにしなきゃと思って、棒手振ばかり気にしていては、仕事に没頭できなくなるだろう。期日に間に合わなくなれば、呉服屋にも、待っている客にも、みんなに迷惑がかかる。それで困っているのさ」

怜治は腕組みをして宙を睨んだ。

「女房の居場所はわかっているのか」

「それが、まったく」

「女房の実家は？」

怜治の問いに、兵衛は首を横に振った。

「おとよさんは行っていなかったそうだよ。自分のせいで喧嘩になっちまったから、杉蔵さんも事情を話しづらくてねえ。仔細を聞かれる前に、ごまかして帰ってきちまったのさ。だから子供たちの世話も頼めやしない」

怜治が眉をひそめる。

「そもそも、いったい何で喧嘩になったんだ。子供たちに卵焼きを作ってやるなんざ、いい母親だったんじゃねえのか？」

「そうなんだよ。話を聞く限りじゃ、おとよさんは精一杯、頑張っていた」

哀れむ相手の姿を探すように、兵衛は目線を揺らした。

「杉蔵さんは、万《よろず》町の長屋に親子四人で暮らしていてね。とても腕のいい仕立師なんだ。住まいと同じ長屋の別室を仕事場として借りて、仕立物に精を出していたのさ」

「万町じゃ、ここから近いな」

独り言つような怜治の言葉に、兵衛はうなずいた。

朝日屋のある室町三丁目から南へ下り、日本橋を渡ってすぐのところにある町である。

「杉蔵さんの年老いた母親が、小網町三丁目の長屋に住んでいてね。何かと世話を焼かなきゃならなくなってきたんで、おとよさんが毎日のように様子を見に通っていたのさ」

万町から小網町三丁目までは、江戸橋で日本橋川を渡ったあと、濠を二つ越えて北からぐるりと大回りするか、まっすぐ東に歩いて茅場町に入り、日本橋川を渡し船で渡るかの、どちらかだ。

「渡し船を使えば、渡し賃がかかる。行きも帰りも毎日じゃ馬鹿にならないってんで、おとよさんは歩いて通っていたらしいんだけど——まだ手のかかる子供二人を連れてじゃ、大変さ。杉蔵さんの体を気遣《きづか》って毎日三度の食事をきちんと作り、造花を作る内職までしてるってんだから、頭が下がる」

子供二人を置いて家を飛び出したおとよの後ろ姿がおぼろげに、ちはるの頭の中に浮かんだ。切羽詰まって身ひとつで家を出たおとよは、いったいどこへ行ったのだろう——。

怜治が顎を撫でさする。

「おとよが毎日のように通ってたってこたぁ、その婆さんは危ねえのか？　おとよがたまに溶き卵の粥を作ってやっていたと、おちかは話していたな」

兵衛は苦虫を噛み潰したような顔になる。

「おしまって婆さんなんだけど——杉蔵さんの話によると、かなり元気らしいんだよ」

たまおが運んできた茶をがぶりと飲んで、兵衛は大きく息をついた。

「それなのに『足腰が弱ってきて、買い物に出るのも億劫《おっくう》になった。食べる物がない』と言っては、おとよさんを呼びつけて、身の回りの世話をさせていたらしいのさ」

怜治が顔をしかめる。

「買い物に出るったって、菜を売る棒手振が来るのを長屋でじっと待ってりゃいいだけの話じゃねえか。まさか戸の外へ出るのも嫌だと言ってやがるのか？」

兵衛は口を「へ」の字に曲げた。

「魚や青物に関しちゃ、そんなところらしいよ。だけど鮨が食べたいなんて思っているところへ鮨売りが来ると、ものすごい速さで表へ出ていって、鮨を買ったりしているらしいんだ」

桶を担いで売り歩く鮨売りが扱っているのは、小鰭《こはだ》や鯛などの押し鮨である。

慎介が眉をひそめた。

「鮨を食べられる婆さんに、粥なんて作ってやる必要があるのかい」

お手上げだと言わんばかりに、兵衛は肩を大きくすくめた。

「およよさんが『しばらく来られないかもしれない』って言うと、とたんに弱々しくなっちまうんだってさ。粥しか喉を通らないと言い張って寝込み、塵溜《ごみ》めに塵を捨てにいくことさえしなくなるから、およよさんが次に行った時には、まず塵捨てから始めなきゃならないって話だ」

怜治が、けっと呆れ声を出す。

「とんでもねえ、なまけ婆だな」

たまおが同情に満ちた目で小首をかしげた。

「嫁姑《よめしゅうとめ》の間柄だから、およよさんも逆らえないんでしょうねえ――杉蔵さんの他に、お身内はいらっしゃらないんですか?」

「北新堀《きたしんぼり》町の酒屋へ嫁いだ娘が一人いるよ。杉蔵さんの姉で、おかつさんっていうんだ。亭主はとっくの昔に亡くなって、身内は、おかつさん一家と杉蔵さん一家だけだってさ」

たまおは考え込むように宙を見やる。

「おかつさんのところに、お子さんは？」

「十七の息子と、十五の娘だってさ」

「あら、そんなに大きいんですか。それじゃ、もう手がかかりませんよねえ」

たまおはすねたように唇をすぼめた。

「おかつさんの住む北新堀町なら、おしまさんの長屋まで橋を一つ越えてすぐじゃありませんか？」

小網町三丁目の南にかかる箱崎橋を渡れば、北新堀町は目と鼻の先である。

兵衛はうんざりした顔で手を横に振った。

「おかつさんは、その名の通り勝気な女で、何でも自分の思い通りにしなければ気が済まない性分なんだってさ。母親の世話は、長男の杉蔵さん一家がするものだから、自分は何もする必要がないと言い張っているらしい。だけど娘として、母親の様子にはしっかり目を配って、姉として、弟夫婦に指図してやる立場なんだってさ」

納得いかぬと言いたげに、綾人が小さく頭を振った。

「しっかり目を配るということは、おかつさんが小網町三丁目へ行くこともあるんですよね？」

「月に一度は行くらしいよ」

兵衛が即答する。

「だけど食事の支度や掃除をするためじゃない。母親に気晴らしをさせるため、駕籠《かご》で買い物へ連れていったり、船で大川沿いの茶屋に連れ出したりするんだってさ」

綾人は人差し指を唇に当てて苦笑した。

「ひょっとして、それは――母親のためというよりも、おかつさん自身のための気晴らしなのでは――」

兵衛は訳知り顔でうなずいた。

「おかつさんは、嫁ぎ先の酒屋の姑と毎日一緒で、息が詰まっているようだからねえ。おっかさんのためと言いながら、母娘二人の外出で、羽を伸ばしているんだろうよ。それで『あたしは孝行娘だ』と威張っているのさ」

たまおが眉をひそめた。

「おとよさんは誘ってもらえないんですか?」

「小さい子供がいたら、のんびり外出なんかできないから誘わないと、はっきり言われているらしいよ」

たまおは「あら」と顔をしかめた。

「小さい子供がいても、身の回りの世話をさせるためには呼び出すくせにねえ」

「おとよさんは、都合よく使われちまっているのさ」

たまおの目が鋭く尖る。兵衛は慌て顔になった。

「わたしが言い出したんじゃないよ。杉蔵さんが言ってたんだ。『困っている母親を助けてやれと言われりゃ、おれたちが断れないのをいいことに、姉さんは都合よく、おとよを使っているんだ』ってね」

たまおの目が、ますます鋭く尖った。

「なんて言い草かしら。『おれたちが断れない』んじゃなくて、『おれが断れない』の間違いでしょう。それに、おとよさんが都合よく使われているのがわかっているのなら、杉蔵さんが毅然と断ればいいだけの話じゃありませんか。だいたい、杉蔵さんが世話をしにいったっていいんですよ。自分の母親なんだから」

兵衛が考え込むような表情になる。

「だけど仕事があるだろう。しかも、期日が迫っている大仕事だ」

たまおは不満げな顔で兵衛を睨んだ。

「おとよさんにだって、子供たちの世話や内職があるでしょう。せめて、おかつさんにも世話を頼んでくれたら――」

「杉蔵さんだって、何度も頼んでいるんだよ」

兵衛は杉蔵をかばうように、つけ加えた。

「このままじゃ、おとよさんも、連れ回される子供たちも、くたくたになってしまうって、何度も訴えたんだ。だけど、おかつさんは『あたしは酒屋の女将だから』って、店を口実にして――それでも月に一度はちゃんと親孝行していると、おしまさんを遊びに連れ出すだけなのさ」

むうっと頬を膨らませて、たまおは腕組みをした。

「おかつさんって人は、店があったってなくたって、どうせあれこれ理由をつけて、母親の世話はしないんでしょうよ。おとよさんが逃げ出したくなるのもわかるわ」

たまおは腕組みをしたまま、ちはる以外の一同を眺め回す。

「男の人は『誰のおかげで飯が食えているんだ』って言って、仕事に没頭して、自分の親の世話から逃げても、世間からは何も言われないかもしれないけれど。女はねえ――」

「ちょっと待て」

怜治が右手を挙げて、たまおをさえぎった。

「男を十把一絡《じっぱひとから》げにして語るんじゃねえよ」

兵衛、慎介、綾人の三人が同時にうなずいた。たまおは冷ややかな目で三人を見やる。

「それじゃ、どうして、おとよさんだけが子供を抱えながら、亭主の親の面倒を見なくちゃいけないのかしら」

兵衛はもじもじと両手の人差し指をすり合わせる。

「それは仕事が……」

兵衛は言い訳がましい目で、たまおを見た。

「おしまさんは、なかなか手強《てごわ》い婆さんでねえ。おとよさんが来ないと、長屋の誰かに使いを頼んで、わざわざ呼びにやらせるのさ。おとよさんが住まいのほうにいないと、使いの者は杉蔵さんの仕事場のほうにまで行っちまうんで、杉蔵さんの仕事にも差し障る。もちろん心づけだって、杉蔵さんたちの懐からだよ。心づけを渡さないと、おしまさんの顔が立たなくなるってんで、癇癪を起こされるらしいんだ」

怜治が顔をしかめて後ろ頭をかいた。

「それじゃ、おとよの休まる暇《ひま》がねえな。杉蔵が仕事を上げられなくなったら、いずれ注文もこなくなって、一家は食うに困っちまうだろうしよ」

兵衛は渋面《じゅうめん》でうなずく。

「おとよさんも本当によくやっているけど、やっぱり杉蔵さんの稼ぎで一家は成り立っているからねえ」

たまおも唇を尖らせながら同意する。

「腕のいい仕立師なら、けっこう稼いでいるんでしょうしね」

兵衛が大きくうなずいた。

「呉服屋も、杉蔵さんには大きな期待を寄せているんだ。『杉蔵さんを指名する客もいるから、このままいけば、そのうち仕事場を兼ねたもっといい家に住めるだろう』って言っていたよ」

たまおが複雑そうな顔をして、小さく身を震わせる。

「喜ばしいことだけど、そうなれば、おしまさんも引っ越してきて、およよさんはますます姑に悩まされるんじゃないかしら。広い家なら、おかつさんも、しょっちゅう入り浸ったりして……」

兵衛は首をかしげる。

「そうはならないかもしれないよ。おかつさんは、あくまでも母親に一人暮らしをさせたいみたいだからねえ。杉蔵さんが母親をもっと近くに住まわせようとしたら、ものすごい剣幕で止めたらしいんだ。『息子の近くにいるから、おしまさんはもう安心だ』なんて周りから言われるようになれば、今度はおかつさんが姑から逃げて出かけられなくなるからねえ」

たまおは呆れ顔になる。

「どこまでも勝手な人だわ」

慎介が、ぱんと両手を打ち鳴らした。

「とにかく、今回の弁当は引き受けましょう。ちょうど土産用の小蜜芋を考えていたところだから、いつもの膳の他に弁当を作るのは、おれとちはるのいい手慣らしになるかもしれねえ」

慎介が「どうです？」と怜治の顔を覗き込んだ。怜治はあっさりうなずく。

「いいだろう。伝蔵以来、まだ泊まり客もねえしよ。杉蔵親子の弁当くらい引き受けられねえようじゃ、この先もっと忙しくなった時に、やってられなくなるからな」

　怜治は毅然とした顔を兵衛に向けた。

「ただし、お代はちゃんといただくぜ。こっちも商売だからな」

　兵衛は安堵の息をついた。

「もちろんさ。杉蔵さんもしっかり払うつもりでいるし、いざとなったら、わたしが請け負うから。取りっぱぐれの心配はご無用だよ」

「よし」

　怜治は綾人に向き直った。

「明日の弁当は、おまえとちはるが届けろ」

　綾人は小首をかしげる。

「ちはるはともかく――わたしもですか？」

　怜治は、にやりと口角を引き上げた。

「おちかの機嫌を取って、おとよの行きそうな場所を探ってきな。おまえなら、できるだろう」

　怜治は、ちはるに目を移す。

「おまえは鶴蔵が食える物を探ってこい。あの様子じゃ、明日の弁当だって、簡単には手をつけてもらえねえだろうよ」

ちはるは顎を引いて、背筋を伸ばした。

泣きわめいていた鶴蔵の姿を思い返すと、何を作ったらよいのかわからなくなるが、絶対に何かしら食べてもらうぞという闘志も湧いてくる。

「きっと、あいつは強敵だぜ」

一同の頭の中にも、床に寝転がって泣き続ける鶴蔵の姿がよみがえっているのだろう。

怜治の言葉に、みなそろって大きくうなずいた。


――おっかさんがいつも作ってくれるのは、甘い卵焼き――。

おちかの言葉からすると、鶴蔵は甘い卵焼きが好きだ。

「一番目立つ真ん中に、どーんと卵焼きを多く入れましょうか。白飯と菜は、その両側に詰めたらどうでしょう」

ちはるの案に、慎介がうなずいた。

「鱈《たら》を塩焼きにして、人参と牛蒡《ごぼう》の煮しめも入れるか。小松菜のお浸しを入れれば、彩りもよくなるな。小蜜芋も持っていけ」

「はい」

竹を編んだ弁当箱に詰めて、綾人とともに万町へ向かう。兵衛に教えられた長屋は、すぐにわかった。

木戸をくぐって、どぶ板の脇を進めば、おちかが部屋の外に立っていた。

弁当の到着を待ちわびていたのか、ちはるたちの顔を見て嬉しそうに笑う。

「おとっつぁん、朝日屋さんが来たよ！」

おちかが叫べば、ななめ向かいの部屋から杉蔵が出てきた。

「わざわざ、すみません」

杉蔵は頭を下げると、住まいのほうの戸を引き開けた。

板間の上がり口に、ごろんと鶴蔵が寝転がっていた。ひっくひっくと、また泣いている。

杉蔵はうんざりした顔で、鶴蔵を引っ張り起こした。

「朝日屋さんが弁当を持ってきてくれたぞ」

ちはるは敷居の前に立って、鶴蔵の顔を覗き込んだ。ちはるが住んでいた貧乏長屋よりは小綺麗な建物だが、そう広くもないので、敷居の外からでも鶴蔵の顔がよく見える。

ちはるは、にっこり笑いかけた。

「今日は、甘い卵焼きを作ってきたよ」

鶴蔵の顔に、小さな期待が浮かんだように見えた。

「卵焼き……？」

ちはるの横から、綾人が風呂敷包みを掲げる。

「たくさん入っているよ」

鶴蔵は半信半疑の表情で立ち上がった。手の甲で涙を拭い、綾人が手にしている風呂敷包みを凝視する。

「食べるかい？」

綾人の優しい声に、鶴蔵はこくんとうなずいた。ちはるは思わず、杉蔵と顔を見合わせる。杉蔵の目は喜色に輝いていた。

綾人が風呂敷包みを上がり口に置く。ちはるが結び目をほどいた。

鶴蔵は、じっと竹の弁当箱を見下ろしている。

杉蔵の横に並んだおちかも弁当箱を覗き込んでいる。

ちはるが蓋を取ったとたん、おちかが「うわあっ」と歓声を上げた。

「綺麗な卵焼き！　早く食べたい！」

杉蔵が目を細めて、おちかの頭を撫でた。

「よかったなあ。ありがたく、いただこうな」

「うん！」

おちかは草履を脱いで、部屋に上がり込んだ。杉蔵も弁当箱を持って部屋の中へ入る。

「どうした、鶴蔵。こっちへ来い」

鶴蔵は唇をぎゅっと引き結んで、弁当箱の前に立った。恐る恐るという表情で、卵焼きをひと切れ、手でつまみ上げる。

鶴蔵の顔が、ぐにゃりとゆがんだ。

「違う……こんな卵焼き、嫌だ」

杉蔵の目が険しく尖った。

「何を言ってるんだ。わざわざ弁当を作って届けてくださったのに——いい加減にしろ！」

鶴蔵の目から、じわりと涙が溢れ出る。

「だって——だって、いつもの卵焼きと違うんだもん」

杉蔵の額に青筋が立つ。拳をぶるぶると震わせて、杉蔵は唸った。

「わがままも大概にしろよ。おめえが飯を食わねえせいで、おれの仕事が遅れているんだぜ」

鶴蔵の手をつかむと、杉蔵は強く引っ張った。鶴蔵は倒れ込むように、弁当箱の前に座り込む。

「さっさと食えっ」

杉蔵の怒声が部屋に響き渡った。

「うっ——うわぁぁん」

鶴蔵がまた泣き出す。

おちかが頬を膨らませて、鶴蔵を睨んだ。

「すぐ泣くんだから！　鶴蔵なんか、大っ嫌い！」

鶴蔵の泣き声が大きくなった。杉蔵が顔をしかめて舌打ちをする。

部屋の中に険悪な気が広がった。

このままでは、食事どころではない――と、ちはるが思った時、綾人が一歩前に出た。

「あの――もしよろしければ、お食事の間、わたしたちが二人を見ていましょうか？」

杉蔵が戸惑い顔を綾人に向ける。綾人はたおやかに微笑んだ。

「久しぶりに、お一人で、ごゆっくり召し上がってはいかがですか。今のままでは、気の休まる時もございませんでしょう？」

綾人がちらりと部屋の奥へ目を走らせた。

衝立《ついたて》にだらしなくかけられた手拭いや着物、床に転がっている湯呑茶碗、散らばっている子供の玩具――おとよが内職で使っているであろう道具は部屋の隅に追いやられている。

小綺麗だと思っていた長屋だが、よく見れば部屋の中には、急に女手を失った家族の混乱が横たわっていた。

ちはるの胸が重苦しくなる。

杉蔵はため息をついて、後ろ頭をかいた。

「長屋のかみさん連中も、朝晩に菜を分けてくれたり、何かと親切に声をかけてくれるんですが――みんな、自分の家のことで手一杯だ。朝から子供を負ぶって洗濯に精を出し、内職もこなしている。夜は子供を寝かしつけながら、帰ってきた亭主の相手をしなきゃならねえから、よその家を手助けするにも限度があるってもんだ」

床に突っ伏した鶴蔵の背中を、杉蔵はとんとんと軽く叩いた。

「亭主に先立たれ、女手ひとつで子供を育てている人もいるんですよ。だから、おれだけが泣き言をこぼすわけにはいかねえんです。それなのに……」

杉蔵は幼子《おさなご》のように半べそをかいた。

「自分だけが上手くいかない気になって、よその家が妬ましくなっちまって、困っています」

子供たちから涙を隠すように、杉蔵は顔を両手で覆った。

「おとよがいたから、おれは仕事に没頭できたんだと、今さら思い知っているところなんですよ」

後悔のにじむ悲痛な声が、ちはるの耳に響いた。

「このままじゃ、おれは駄目になっちまう――」

泣き叫びたいのをこらえるように両手で顔を覆っている杉蔵の姿を見ていたら、ちはるの胸が痛くなった。

貧乏長屋で暮らしていた時の記憶がよみがえってくる。

夕凪亭を乗っ取られ、失意の底に沈んだ時、助けてくれた者は誰もいなかった。住む場所を世話してくれた知人がいただけ幸せだったと、もっと感謝の念を抱くべきだったかもしれないが、自分だけが不幸せに落とされた気になって、恨みつらみを抱えることしかできなかったのだ。

怜治にも、裏切られた気になっていた。

父は「工藤さまなら、きっと助けてくれる」と信じていた。

だが、助けを求めたい時に、怜治は行方知れずになっていた。

やっぱり火盗改なんか信じられない——工藤怜治という男も、しょせんは無実の両親を執拗《しつよう》に追い込んだ男たちの仲間だったのだ——そう思った。

借金取りから助けてもらった時も、何か裏があるのではないかと疑った。

朝日屋で過ごすうちに、怜治への疑いも次第に晴れていったが——一人孤独に過ごしていたら、今も恨みつらみだけを抱えて生きていたかもしれない。

「駄目にならないように、今は一人でお弁当を召し上がってください」

綾人の声が優しく響いた。

「人は一人で生きられませんが、一人静かに過ごす時もなければ、息が詰まってしまいますよ」

杉蔵に向かって微笑む綾人は、どこか別の遠くを見つめているような目をしていた。

綾人も散々苦汁を飲んで生きてきたのだ。人の心が闇に囚《とら》われていく様子が手に取るようにわかるのかもしれない。

舞うような仕草で、綾人は外を指差した。

「さ、どうぞ。仕事場のほうで召し上がってください」

「……いいんだろうか」

「いいんですよ」

杉蔵は躊躇《ちゅうちょ》するように子供たちを交互に見たが、やがて自分の弁当を抱えて外へ出た。

綾人は上がり口に腰かけると、おちかに笑いかけた。

「お弁当の中に、おちかちゃんの好きな物は入っていたかな？」

元女形の美しい笑みに、おちかは頬を赤らめる。

「あたし、全部好き！　卵焼きも、お魚も、青物も、ちゃんと食べられるよ！」

「偉いねえ」

笑みを深めた綾人に、おちかは元気よくうなずいた。

「さあ、お食べ」

綾人に促《うなが》されるまま、おちかは勢いよく箸を動かす。

「美味しい！」

あっという間に、おちかは弁当を平らげた。空になった弁当箱を、得意げに綾人に見せる。

「あたしは朝日屋の卵焼きが大好きだよ。おっかさんには内緒だけど、おっかさんの卵焼きよりも美味しかった」

綾人はにっこり笑って、おちかの頭を撫でた。

「気に入ってもらえてよかった。おちかちゃんのおっかさんにも、朝日屋の料理を食べてもらいたいなぁ。どこにいるんだろうねえ？」

おちかは手にした弁当箱を見ながら首をかしげる。

「わかんないけど、おばちゃんちかも」

「おばちゃん？　おとっつぁんの姉さんかな。それとも、おっかさんの姉さん？」

おちかは首を横に振った。

「おっかさんは、おかつおばちゃんが嫌いなの。おちかも、おかつおばちゃんは大嫌い。おっかさんには、姉さんも妹もいないんだよ」

綾人は顎に手を当て、おちかをじっと見下ろした。

「それじゃあ、おちかちゃんが言っているのは、どこのおばちゃんだろう」

「わかんない。おっかさんが小さい頃に、おばちゃんとよく遊んでたんだって」

「幼馴染みか」

「そう、それ。おばちゃんは一人で暮らしてるから、いつでも遠慮なく遊びにきてねって言ってた」

綾人はおちかの顔を覗き込む。

「おばちゃんは、どこに住んでいるの？」

「わかんない。おばあちゃんちの帰り道に、たまたま会ったんだよ。すごぉく久しぶりだって言ってた」

「おばあちゃんちの帰り道の、どこで会ったの？」

「江戸橋の近く」

綾人がちはるに目配《めくば》せを送ってくる。ちはるはうなずいて、部屋に上がり込んだ。

突っ伏したまま動かない鶴蔵は、ひっくひっくと肩を震わせてしゃくり上げている。その背中に、ちはるはそっと手を当てた。

「さあ、鶴蔵ちゃん、もう一回お弁当を見てみようよ。白い米の飯だけでも食べない？」

鶴蔵の腹がぐーっと鳴った。ちはるは笑いながら、鶴蔵を抱き起こす。

弁当箱を目の前に差し出せば、鶴蔵がごくりと喉を鳴らした。

「けっきょく鶴蔵ちゃんは、白飯しか食べてくれませんでした。残った物は、長屋の皿に移し替えて置いてきました」

戻ってきた三つの弁当箱と、昨日持たせた小鍋を見て、慎介がうなずく。

「まあ、仕方ねえな。おちかと杉蔵さんが全部食べてくれただけで、よしとしよう」

怜治が調理場の前に立って、ふんと鼻を鳴らす。

「綾人は、おとよの幼馴染みの存在を聞き出してきたが――おまえは、いったい何をやってたんだ」

ちはるは、むっと唇を尖らせた。

「だって……強敵だったんだもの」

慎介が慰めるように、ちはるの肩をぽんと叩いた。

「実の父親だって持てあましているんだ。気長にやるしかねえよ」

怜治が腕組みをする。

「あまり悠長に構えていると、鶴蔵の体が持たなくなるぞ。そのうち白飯だって食わなくなるかもしれねえ」

慎介は空になった弁当箱を見つめて唸った。

「鶴蔵は、卵焼きを食べもせずに、見ただけで『違う』と言ったんだったな?」

「はい」

ちはるは鶴蔵の様子を思い返した。

弁当箱の蓋を開けた時は、まだ泣いていなかった。卵焼きをひと切れ、手でつまみ上げてから、「いつもの卵焼きと違う」と言って泣き出したのだ。

「いつもの卵焼きとは形が違ったんでしょうか？」

味ではないのなら、色か形しかないだろう。

「卵の色は、黄色だと思うんですけど――ひょっとして、おとよさん独自の色づけでもあるんでしょうか」

慎介が首をひねる。

「杉蔵さんの体を気遣って食事を作っていたという話だから、長屋の台所であれこれ工夫していたのかもしれねえな。あとは、強いて言えば、においだが――鶴蔵の鼻が、おめえほど利くとも思えねえし……」

慎介が小さく唸る。

「ご苦労だが、今からもう一度、万町へ行って、おちかに聞いてみてくれ。明日は何が食べたいのか、弁当の中身についてもな」

慎介は空になった弁当箱をひとつ手に取った。

「おちかだって、我慢に我慢を重ねていることだろうよ。ひとっ走り行って、『明日は、おちかちゃんの好物を入れてあげる』と言ってやりな」

ちはるは悔いた。

「あたし――さっきは、おちかちゃんを思いやる言葉なんて何もかけてやりませんでした。つい、鶴蔵ちゃんに気がいってしまって――おちかちゃんだって、おっかさんが恋しくてたまらない中、いらいらしている父親と、すぐに泣いてしまう弟の間に挟まれて、苦しいでしょうに」

慎介は苦笑する。

「仕方ねえよ。上の子なんて、そんなもんさ。だいたい、どこの家でも――」

不意に、表戸が引き開けられる音がした。顔を上げれば、火盗改の柿崎詩門が入ってくるところだった。

怜治が嬉しそうな笑みを浮かべる。

「おう、ちょうどいいところへ来てくれたな」

調理場へ向かって通路を進んできていた詩門が警戒したように、ぴたりと足を止める。

「わたしは黒木屋の件を報せにきてあげただけですからね」

怜治は入れ込み座敷に腰を下ろして、たまおに目配せを送る。たまおはすぐに二人分の茶を淹れて運んだ。

怜治は目を細めて、美味そうに茶をすする。

「で、黒木屋がどうしたって?」

自分のために用意された茶を見つめて、詩門はため息をついた。観念したような顔で草履を脱ぐと、怜治の前に座る。

「本石町四丁目から、なくなりました。店を畳んだのです」

ちはるの隣で、慎介が息を呑んだ。調理台の上に置いた拳に力がこもっている。

詩門は静かに茶をひと口飲んだ。

「商売が上手くいっていなかったようで、惣衛門はけっきょく、大商人に借りた金を用意できませんでした。夜逃げ同然に、江戸を離れたようです」

怜治の目が鋭く尖った。

「江戸を離れて、どこへ行ったんだ。おまえが探っていた事件とは、何か関わりがあったのか?」

詩門は湯呑茶碗を置いて、背筋を伸ばした。

「関わりがあったという証は出ませんでした。どこへ行ったのかも、わかりません」

怜治は不満げに目を細めた。

「のん気な面しやがって。足取りを追わねえのか?」

詩門は微苦笑で受け流す。

「それは上が決めることです」

怜治は肩をすくめた。

「まあ、おれには関わりのねえこったな」

詩門が腰を浮かせる。

「では、わたしはこれで――」

「万町に、杉蔵という仕立師がいる。子供は二人――おちかと鶴蔵だ。女房の名は、おとよ」

詩門は中腰のまま動きを止めて、瞑目《めいもく》した。

「それは、わたしには関わりのないことですよね？」

「今から関わればいいんだよ」

怜治は詩門の肩に手を置いて、ぐっと押した。詩門は抵抗するように歯を食い縛っていたが、やがてこらえきれなくなったように、怜治の前に座り直す。

詩門は襟を正して、怜治を睨んだ。

「わたしは暇じゃないんですよ」

「この間、巳之吉を引き渡してやっただろうが。おまえは『お互いさま』って言葉を知らねえのか」

ふてぶてしい笑みを浮かべる怜治に、詩門は眉をひそめた。

「何が『お互いさま』です。巳之吉など、たいして役に立ちませんでしたよ」

「よく言うぜ。だいぶ役立ったんじゃねえのか」

怜治は抜け目のない表情で、詩門の顔を覗き込んだ。

「黒木屋が江戸を離れたのは、借金のせいというより、巳之吉のせいだったりしてなぁ。巳之吉のために、ぼろが出そうになって、惣衛門は慌てたんじゃねえのか？　おまえも、足取りを追わねえというよりは――おう、そうか、やつを泳がせてんだな。違うか？」

詩門は黙って無表情を貫いた。

怜治は偉そうに言い放つ。

「家出した女一人も捜し出せねえようじゃ、敵の悪だくみなんか暴けねえぜ。火盗改の名がすたるってもんだ」

詩門は頭痛をこらえるように、こめかみを押さえた。

「家出人の行方くらい、自分で捜し出せばいいじゃありませんか」

怜治は唇をすぼめる。

「今のおれは、ただの町人だものよぉ。お役人に頼るしかねえだろう」

「であれば、町方に――」

「だから火盗改は嫌われちまうんだよ。全っ然、優しくねえもん」

詩門が口をつぐむ。怜治は勝ち誇ったように、にっと笑った。

「江戸橋の近くで会った、一人暮らしの幼馴染みのところに、おとよは転がり込んでいるかもしれねえ」

詩門はいまいましげに怜治を睨んだ。

「わかりましたよ。おとよという女を見つければいいんでしょう」

怜治は大口を開けて、にかっと笑った。

「急がねえからよ。明後日くらいまでに見つけてくれればいいぜ」

詩門は、げんなりと息をついた。

「明日一日で片をつければいいんですね？」

「すぐに動いてくれるのか。忙しい中、悪《わり》いなあ」

機嫌顔の怜治から顔をそらして、詩門は立ち上がった。

「おとよの行方がわかったら、報せにきます」

詩門は足早に帰っていく。

怜治はどうして武士の身分を捨てたのだろう――詩門が去ったあとに揺れる曙色の暖簾を眺めながら、ちはるは唐突に、そう思った。


ちはるは万町の長屋まで急いだ。

「おちかちゃん、明日は何が食べたい？」

戸が開いたとたんに聞けば、おちかは目を丸くする。

「うちの板長と、明日のお弁当の相談をしていてね。おちかちゃんの好きな物を入れようっていう話になったんだけど、わからないから、聞きにきたの」

おちかは戸惑い顔で小首をかしげる。

「あたしの好きな物？　鶴蔵のじゃなくて？」

ちはるがうなずくと、おちかは嬉しそうに顔をほころばせた。

「あたし、なんきん餡のお餅が食べたい！」

元気よく答えてから、おちかは両手で口をふさいだ。

部屋の奥に鶴蔵が寝転んでいる。泣き疲れたまま眠ってしまったようだ。敷居をまたいで顔を覗き込めば、頬に涙の痕があった。

おちかが人差し指を唇に当て、「しーっ」と小さな声を上げる。

「このまま寝かせておけって、おとっつぁんに言われたの」

おちかに手を引かれ、ちはるは上がり口に腰かけた。おちかも隣に腰を下ろす。狭い上がり口に、ぎゅうっと二人くっついて座った。

「おちかちゃんは、南瓜が好きなの？」

小声で問えば、おちかは大きくうなずいた。

「南瓜はね、小さなお日さまなんだよ」

おちかは無邪気な笑みを浮かべて、両手で小さな丸の形を作った。

「お椀の中に、お餅を入れて、その上から南瓜の餡をかけるの。上から見ると、まぁるくて、お日さまみたいに見えるでしょう？」

「なるほど――すごいねえ」

少し大げさな表情で驚いてみせれば、おちかは誇らしげに胸を張る。

「おっかさんが考えたの？」

　おちかは胸をそらして天井を見上げた。まるで天井の向こうにある日輪《にちりん》を見つめているようだ。

「寒い日でも、あたしたちは、小網町のおばあちゃんちに行かなきゃならないでしょう。雨が降ったりすると、ものすごく嫌なの。だけど、頑張って行った日には、おっかさんがなんきん餡のお餅をおやつに作ってくれるんだ。『小さなお日さまを食べれば、体があったかくなるよ』って――」

　母親の温もりを思い出したように、おちかは目を潤《うる》ませる。

「おっかさん、もう帰ってこないのかなぁ……？」

「そんなことないよ」

　ちはるは、おちかの肩をぎゅっと抱き寄せた。幼子の柔らかなにおいが、ちはるの鼻を切なくくすぐる。

「おっかさんは、もうすぐ帰ってくるに決まってる。おちかちゃんと鶴蔵ちゃんを置いて、遠くに行っちゃうはずがないよ。火盗改のおじちゃんも捜してくれているから、もう少しの辛抱だよ」

　おちかはこくんとうなずいて、ちはるの胸に頰を押し当てた。

「おっかさん、お日さまの光がたくさん当たる場所を探しにいったのかなぁ」

小さな手を伸ばして、おちかは腰高障子《こしだかしょうじ》に顔を向けた。

「夏は、日陰を選んで踏んで。冬は、お日さまの光の中を歩くの。今は冬だから、お日さまね。寒い日でも、お日さまの中は、あったかいんだよ」

ちはるの頭の中に、日だまりの中を歩く親子三人の姿が浮かんだ。

「おばあちゃんちに行くと、みっちゃんたちと遊べないから、行き来する道でお日さまを探して、おっかさんと鶴蔵と遊ぶの」

「自分の家でお留守番をして、長屋の子たちと遊んで待っていたらいけないの？」

「おばあちゃんの用事が早く終わらないと、おっかさんの帰りが遅くなるから。隣のおばちゃんたちに毎日お世話になるのは、さすがに悪いんだって。鶴蔵は、すぐに泣くから。おとっつぁんの仕事の邪魔になってもいけないし」

そう言い含められて、おちかは連日おとよと一緒に祖母の家まで行っていたのだろう。遊びたい盛りの子供だろうに、不憫《ふびん》だ。

ちはるは慰めるように、おちかの背中をさすった。

「明日は、おちかちゃんのために、なんきん餡のお餅を作ってくるね」

おちかは大きくうなずいた。

ちはるは微笑みながら、おちかの背中を優しく叩く。

「あとは、何をお弁当に入れようかなぁ。おちかちゃんは卵焼きも大好きだったよねえ。

昨日も喜んでくれて、とっても嬉しかったなぁ」

おちかは、にっこり目を細める。

「だって本当に美味しかったんだもん」

ちはるは笑みを深めて、おちかの頭を撫でた。

「そういえば、おっかさんの作る卵焼きは、どんなのだった？　朝日屋のとは、何か違っていたのかしら」

おちかが考え込むように唸る。

「うーんとねえ……形が違った」

やはり形か。

どんな形か問いただしたいところを、ぐっとこらえて、ちはるは黙ってにこにこ笑っていた。

おちかが両手の人差し指で宙に線を描く。

「朝日屋の卵焼きは、四角だったでしょう。でも、おっかさんの卵焼きは、三角なの」

「三角？」

ちはるは思わず声を上げた。

「三角の形に焼くの？　それとも長四角に焼いたのを、三角に切るの？」

おちかは右手の人差し指をななめに振り下ろした。

「三角に切るの。さっきの卵焼きを、ななめに切って、半分こにしたら、おっかさんのと同じ」

「ああ――そういうこと――」

合点がいって安堵の息をついたちはるとは反対に、おちかは怒ったように「ふんっ」と鼻息を荒くした。

「あたしは形なんか何でもいいけど、おっかさんが卵焼きを三角に切るようになったのは、おとっつぁんのせいなんだ」

おちかは腰高障子をななめに睨んだ。杉蔵の仕事場がある方向だ。

「おとっつぁんは、腕のいい仕立師だから、何事もきっちりしてないと気が済まないんだって」

おちかは台所に顔を向けた。おちかの目線を追って、ちはるも台所に顔を向ける。

長屋の台所は狭い。朝日屋の調理場に慣れてしまったちはるの目には、流し場や竈が玩具のように見えてくるほど、とにかく狭かった。

貧乏長屋に暮らしていた頃は、ちはるだって同じような大きさの台所を使っていたのに――。

おちかが流し場の脇に置かれていたまな板を指差す。

「おっかさんが切った青物に、おとっつぁんは、しょっちゅう文句を言うの。『何だ、この切り方は。てんで、ばらばらじゃねえか。きっちりしたおれの縫い目とは、えらい違いだな』って。おっかさんが出ていった夜も、おとっつぁんは『何だ、この切り方は』って怒ってた」

杉蔵の口調を真似たのだろう、おちかは杉蔵の言い放った台詞《せりふ》に強い抑揚《よくよう》をつけていた。

相手を小馬鹿にしきったような、嫌な言い方をしていると、はっきりわかった。

仕事柄もあり、杉蔵は細かいところが気になる性分なのかもしれないが——杉蔵の母親の世話をしにいって、疲れて帰ってきたあとに、青物の切り方が悪いと罵られたのであれば、あまりにも、おとよが哀れだ。

「おとっつぁんが『何で、まっすぐに切れねえんだ』って言ったから、おっかさんは卵焼きを三角に切るようになったの」

狭い台所で卵焼きを切るおとよの姿を、ちはるは思い浮かべた。

くるりと巻いて長四角に焼き上げた太い卵焼きを、食べやすい厚さにまっすぐ切る。さらにひと切れずつ、真ん中を通るように、ななめにまっすぐ切り目を入れて、三角形にしていく——。

「おっかさんは、まっすぐに切る練習をしていたんだね？」

おちかはうなずいた。

「あたしは、まっすぐじゃなくてもいいんだ。おっかさんは、忙しい時、こんにゃくを手でちぎって煮るんだけどね。手でちぎって、でこぼこしたところに、味が早く染みていくんだって」

おちかは何かを思い出したように、くすりと笑う。

「ぽいぽいちぎって、鍋の中に入れていくの、おもしろいんだよ」

「おちかちゃんも一緒にやったの？」

得意げに口角を引き上げて、おちかはうなずいた。

「おっかさんを手伝ったの。あたし、お姉ちゃんだから」

ふと、おちかの表情が曇った。

「明日のお弁当、三角の卵焼きも入れてくれる？　なんきん餡のお餅と、三角の卵焼きが食べたい――」

母への思慕が胸から溢れ出したように、おちかは涙をこぼした。次から次へと、滝のように流れ出てくる。

ちはるは、おちかを抱きしめた。

「なんきん餡の小さなお日さまと、三角の卵焼き、必ず作って持ってくるからね」

おちかはうなずいて、顔を上げた。

「なんきん餡がお日さまなら、卵焼きはお月さまかな。三日月は、三角形？」

「いや、三角じゃ……」

言いかけて、ちはるは口をつぐんだ。正答を返せば、およしに「きっちり」しか許さなかった杉蔵と同じになってしまう気がした。今おちかが望んでいるのは、正答ではないはずだ。

「おちかちゃんの言う通り、卵焼きはお月さまだね。明日は、お日さまとお月さまを持ってくるよ」

ちはるは笑って、おちかの顔を覗き込んだ。

「楽しみに待ってて」

おちかが嬉しそうに笑い返してくる。

その笑顔こそが、温かく周りを照らす冬の日輪のようだと、ちはるは思った。

弁当箱の右側に、なんきん餡のお日さまを入れた。三寸の丸い小鉢を置き、その中に餡を入れたのだ。餡の下には、小さく切った餅が入っている。

弁当箱の左側には、卵焼きのお月さまを入れた。およしが作っていた物と同じになるよう、三角形に切ってある。

隙間を埋めるのは、ちぎりこんにゃくを入れた煮物だ。星を模《かたど》った人参を載せてある。

白飯の握り飯と鰤《ぶり》の塩焼きも、配置よく入れた。

菜を詰めた弁当箱を、慎介が満足そうに見つめる。

「幸せの膳ならぬ、幸せの弁当だな」

「はい」

おちかは喜んでくれるだろうか。鶴蔵は食べてくれるだろうか。

期待と不安が綯い交ぜになった胸を押さえて、ちはるは弁当箱の蓋を閉め、風呂敷に包んだ。

「では、行ってきます」

風呂敷包みを持った綾人とともに、ちはるは万町へ向かう。

長屋の前まで行くと、おちかが手を振りながら駆け寄ってきた。

「お日さまと、お月さまは？」

ちはるは綾人が手にしている風呂敷包みを指差した。

「ちゃんと入れてきたよ」

おちかは満面の笑みを浮かべた。

「早く、うちに行こう！」

来た道を戻って、おちかが駆けていく。ちはると綾人もあとに続いた。

戸を引き開けると、杉蔵が居住まいを正して待っていた。

「今日も、わざわざすみません」

綾人が首を横に振りながら、風呂敷包みを上がり口に置いた。板の間に上がっていたおちかが飛びつくように、風呂敷包みの前に座り込む。

鶴蔵は部屋の奥に寝転がって、ふてくされた顔をしていた。ついさっきまで、また泣いていたのだろうか。目が潤んでいる。

ちはるは鶴蔵に向かって笑いかけた。

「鶴蔵ちゃん、おいで。お弁当だよ」

ご機嫌ななめな顔をぷいっとそらして、鶴蔵は反対側を向いた。

ちはるは苦笑して、おちかに向き直る。

「さあ、どうぞ」

弁当をひとつ差し出せば、おちかは嬉々とした顔ですぐに両手を伸ばしてきた。

「開けていい？」

「もちろん」

おちかは行儀《ぎょうぎ》よく座り直すと、弁当箱を膝の上に載せた。蓋を取り、「あっ」と叫んで目を見開く。

「お日さまと、お月さまが一緒に入ってる！」

おちかは膝の脇に蓋を置くと、両手でぎゅっと弁当箱を握りしめた。

「お姉ちゃん、約束を守ってくれたんだね！　ありがとう！」

おちかは、なんきん餡の入った丸い小鉢を手に取った。

ふふっと笑みをこぼして、箸で餡をすくうように取る。ぱくりと口に入れて、破顔した。

「美味しい！」

餡の下に入っていた餅も口に入れて、満足そうに嚙みしめる。

餅をごくんと飲み込むと、おちかは次に、箸で卵焼きをつまみ上げた。

大きく口を開けて、がぶりとかじる。

「甘ぁい」

とろけそうな表情で目を細めて、おちかは食べ進める。

「星の人参も可愛い！　お弁当箱が、お空になったみたい」

鶴蔵がむくっと身を起こして、歩み寄ってきた。おちかの背後から、じぃっと弁当箱を覗き込む。

ちはるが弁当を差し出してみると、今度は素直に受け取った。鶴蔵は小さな両手でしっかり弁当箱を持つと、おちかの隣に腰を下ろした。

蓋を開けて、しばし無言で見つめる。

ちはるは「早く食べてみて」と急《せ》かしたくなる衝動を、ぐっとこらえた。

やがて鶴蔵が箸を手にした。真っ先に、卵焼きをつまみ上げる。

形は三角――どうだ――⁉

ちはるは固唾《かたず》を吞んで、鶴蔵を見守った。

鶴蔵が、ぱくりと卵焼きをかじる。もぐもぐと嚙みしめながら、ぱちぱちと目を瞬かせた。

「おっかさんのと同じ……」

鶴蔵の目から、ぶわっと涙が溢れた。唇を震わせて、ちはるを見る。その表情には、間違いなく喜びがにじみ出ていた。

「美味しぃ」

ちはるの胸が、ぽわっと温かくなる。

「ありがとう」

思わず言葉が口からこぼれた。

食べてもらえて、「美味しぃ」と言ってもらえて、本当に嬉しい。

鶴蔵は弁当に顔を戻して、どんどん食べ続ける。なんきん餡の餅や、星型の人参にも箸を伸ばした。

ちはるは、ほっと安堵の息をつく。同時に、杉蔵も大きく息を吐き出していた。

「杉蔵さんも召し上がってください」

弁当を差し出せば、杉蔵は深々と頭を下げながら受け取った。

「朝日屋さん、本当にありがとうございます」

子供たちの食べる姿を見つめながら、杉蔵は目を細めた。

「当たり前に飯を食べられるってえのが、どういうことなのか——この数日で、身に染みました」

杉蔵は戸口に目を向けた。開けたままにしてある腰高障子の向こうに、淡くやわらかな日の光が差している。

「おれは、およに対しての思いやりが欠けていた……」

子供たちが食べ続けている弁当を見つめて、杉蔵は自嘲の笑みを浮かべる。

「常日頃から、およには口うるさく、何でもかんでも『きっちりしろ』と言い続けていたくせに——およがいなくなったら、おれの縫い目なんか、あっという間に『がたがた』ですよ」

杉蔵は弁当箱を撫でさすった。

「おれは何でもかんでも、きっちりしていなきゃいけねえと思っていましたが——この弁当を見て、考えが変わりました」

宝箱の蓋を開けるように、杉蔵はそっと自分の弁当箱の蓋を取った。

「形のそろっていない青物や卵が、弁当箱の中に綺麗に盛りつけられている。だけど、考えてみれば当たり前のことなんだが——日輪も、三日月も、星も——世の中では、何でもかんでもが、きちっとそろっているわけじゃないんだ。みんな同じ形にそろっていることだけが、美しいってわけじゃない——そのことに、改めて気づきましたよ」

杉蔵は戸口に目を戻した。冬の日だまりの中、「ただいま」と笑って立っているおとよの姿がそこにあるかのように、切なく目を潤ませている。

「おとよが帰ってきてくれたら、今度は、がみがみ小言なんか言わねえで、親子四人で楽しく飯を食いたいと思っています。おとよさえ、そばにいてくれれば、おれは……」

弱気を追い払うように、ぐっと口角を引き上げて、杉蔵は箸を手にした。

「さあ、おれも食うぞ！」

杉蔵たち親子三人が弁当を頬張る姿を見ながら、ちはるは綾人とともに外へ出て、腰高障子をそっと閉めた。

木戸の前で、長屋のかみさんらしき女に出くわした。赤子を負ぶって、幼子の手を引いている。

かみさんは首をかしげて、ちはると綾人を交互に見た。見かけぬ顔が長屋から出てきたと、用心しているような目だ。

「ひょっとして……朝日屋さんかい？」

「はい、さようでございます」

ちはるが答えると、かみさんの表情が一気にゆるんだ。

「ああ、弁当を届けにきたんだね。おちかちゃんから聞いてるよ。あたしは、隣に住んでいる者でね」

おちかは今日の弁当をとても楽しみにして、朝からそわそわと何度も表に出ていたらしい。隣のかみさんは、井戸端に向かう途中でおちかと会って、弁当の話を聞いたのだという。

「おとよさんが帰ってくるまで、朝日屋さんに弁当を作ってもらうと聞いて、あたしも安心したよ」

かみさんはちらりと背中を振り返った。負ぶわれた赤子は目を閉じて、すやすやと眠っている。

「おちかちゃんと鶴蔵ちゃんの世話を手伝ってやりたい気持ちはあるんだけど、あたしも内職をしながら、子供二人を育てているもんでね。亭主も行商で、しょっちゅう家を空けているし――自分の家のことだけで精一杯なのさ」

かみさんは、子供と繋いでいる手を小さく揺らした。幼い男児が嬉しそうに笑う。かみさんも笑みを浮かべて、じっと我が子を見下ろした。

「おとよさんのように、毎日三度の飯をきっちり作るなんて、とてもじゃないけど、あたしには無理さ。しょっちゅう棒手振から菜を買っちまう」

かみさんはため息をついて、大通りに目を向けた。

「おとよさんは、よくやっていたよ。『飯の支度があるから、姑の家から逃げてこられるんだ』なんて言って、笑ってたけど——おとよさんこそ、たまには弁当でも食べて、息抜きすればよかったんだ」

　幼子が母親の手を大きく揺する。立ち話が終わるのを待つのに飽きた様子で、両手で母親の手を引っ張った。

「はい、はい。もう帰るよ」

　かみさんは幼子の頭を撫でてから、ちはるに向き直った。

「おちかちゃんたちの弁当、よろしく頼むよ。うんと美味いのを作ってやっとくれ。あたしも、隣の様子を気にかけておくからさ」

　ちはるは一礼する。

「承知いたしました。精一杯、作らせていただきます」

　かみさんは人のよさそうな笑みを浮かべた。

「今回は、杉蔵さんの伝手《つて》で、特別に弁当を作ってもらったと聞いたけど——あたしも、いつか、朝日屋さんの料理を食べてみたいもんだねえ。あたしらみたいな長屋者にとっちゃ、料理屋なんて敷居が高いけど——まさか百川や八百善《やおぜん》ほどの高値をつけているわけじゃないんだろう？」

　ちはるは勢いよくうなずいた。

「もちろんです。味のほうは、百川や八百善にも負けないつもりでおりますが」

綾人も隣で大きくうなずいた。

かみさんは「あっはっは」と大きな笑い声を上げる。

「頼もしいねえ。そうこなくっちゃ！　あんた、気に入ったよ」

いたずらを思いついた子供のように、かみさんは笑みを深めた。

「今度、亭主に子供を任せて、長屋の女たちだけで食べにいってみようか。男どもが博打《ばくち》や岡場所に金を注ぎ込むより、ずっと安いもんだろう。女だって、たまには外で飲み食いして、日頃の憂さを忘れなきゃねえ。自分へのご褒美さ」

綾人が優雅に「ぜひ」と微笑む。その肩を、かみさんが勢いよく叩いた。

「だけど、手の届きやすい値の弁当なんかも考えておくれよ。おちかちゃんに弁当の話を聞いてから、うらやましくってさぁ」

綾人は叩かれた肩を押さえながら、痛みをこらえているような顔でうなずいた。

「主と板長に相談してみます」

「ああ、そうしとくれ。それじゃ、また――」

歩きかけたかみさんが、ちらりと通りに目を向けた。

「およさん、早く帰ってくるといいねえ」

子供に手を引っ張られて、かみさんは木戸をくぐっていく。

その後ろ姿を、ちはるはうらやましい気持ちで見送った。

「この長屋の人は、優しくて、いいなぁ……」

自分が住んでいた貧乏長屋の住人たちは、ちはるたち親子に関わらないようにしていた。しょっちゅう借金取りが押しかけてくる家と関わりたい者など誰もいないだろうが——長屋中から蔑むような目を向けられている気がして、ひどく居心地が悪かった。戸を閉め切っていても、いつも人目が気になっていた。

床に臥《ふ》せった両親を置いて、働きに出るのも心配で——内職を探しても、門前払いが続いて——気持ちに余裕がなくなればなくなるほど、他人の目が冷たく感じた。

内職の仕事を断られ続けるのは、借金取りの留五郎が裏で手を回して妨害していたのだとあとから知ったが、長屋の誰かが内職先にちはるの悪口を吹き込んで邪魔しているのではないかと疑心暗鬼に陥るほど、ちはるの心は追い詰められた。

誰も助けてくれない。一人ぼっち——。

周囲のすべてが憎く思えた。

杉蔵の声が、頭の中によみがえる。

——自分だけが上手くいかない気になって、よその家が妬ましくなっちまって、困っています——。

ちはるには、その気持ちが痛いほどよくわかった。

「以前のあたしは、さっきのおかみさんみたいに、何かひと言でも、優しい言葉をかけてもらいたかったんだわ……」

　綾人が気遣わしげな目を向けてくる。

「本所松井町一丁目の長屋にいた頃の話だね？」

　ちはるはうなずいた。

「いよいよ借金取りから逃れられなくなったっていう時に、怜治さんが来て、助けてくれたけれど……怜治さんのことも、あたしは恨んでた」

　綾人が痛ましげに目を細める。

「ちはるの実家の店は、火盗改に踏み入られたんだったね。ずいぶんと荒っぽい真似をされたんだろう？」

　苦しくなってきた胸を押さえて、ちはるは大きく息をついた。

「火盗改なんか死んじまえと思ったわ。無実の者をひどく責め立てるなんて、とんでもない大馬鹿野郎の集まりだと思った」

　綾人がそっと、ちはるの背中に手を当てる。

「わたしは火盗改に助けられた側だから、怜治さんが悪をこらしめる正義の味方にしか見えなかったけれど――ちはるは濡れ衣を着せられた側だもの、とらえ方も違うよね」

　ちはるは何気なく、大通りを見やった。

「あの人、どうして火盗改を辞めたんだろう……おとっつぁんが、あんなに『工藤さまを頼る』と言っていたんだもの。今になって思えば、何か、のっぴきならない事情が――」

ちはるは言葉を切って、目を凝らした。

大通りの向こうから、鉄紺《てっこん》の着流しの裾をひるがえして悠々と歩いてくる男が見える。

「怜治さん……」

呟けば、綾人も大通りの向こうへ目を凝らした。

「本当だ。――あ、こっちに気づいたよ」

木戸の前までやってきた怜治が口角を引き上げて、にやりと笑う。

「おとよの居場所がわかったぜ」

ちはるたちは怜治とともに長屋へ戻り、杉蔵の仕事場を訪ねた。

おとよが家に戻ってくれるかはまだわからないというので、子供たちに見つからぬよう、そっと小声で話す。

「さっき詩門が報せてきた話によると、おとよが江戸橋の近くで会ったのは、おりえという女だ。一年前から伊勢町に住んで、三味線《しゃみせん》の師匠をしている。男と別れて、上野から越してきたらしい」

杉蔵は顎に手を当て、天井を仰いだ。

「江戸橋を渡れば、すぐに伊勢町ですね……おとよは、今そこに？」

怜治が得意げな顔でうなずく。

「家を飛び出してすぐ、おりえを頼ったそうだぜ。亭主を悪く思われたくなくて、自分の実家へは行けなかったってよ。まったく、泣かせてくれるじゃねえか」

芝居がかった仕草で、怜治は目元に手を当てる。

「おりえのほうも、何年かぶりに再会した、懐かしの幼馴染みを守る気満々になっていてよ。亭主が心を入れ替えるまで、おとよは渡さねえと息巻いていやがる」

怜治は手の隙間から、杉蔵の顔をじっと見た。

「おりえは駄目な男に何度も裏切られて、散々苦労してきたって話だからよ。おとよの愚痴を聞いて、おまえに怒っているのさ。『亭主がしっかりしていないから、おとよちゃんが苦労している』ってな。おりえも、男の親の面倒を見ていた時期があったらしいぜ。だから、おとよへの同情は半端ねえ」

怜治は顔から手をどけると、まるで自分が調べてきたような口ぶりで畳みかけた。

「ちょっとやそっとの懺悔《ざんげ》じゃ、女二人は納得せずに、おとよは帰ってこないかもしれねえぜ。おりえは、えらく面倒見のいい女で、そこそこ貯えもあるようだ。『子供たちも連れておいで』と、三人まとめて面倒を見る気になっているってさ」

怜治は事のなりゆきを楽しんでいるような表情で、にっと笑った。

「どうする？」

杉蔵は拳を握り固めて立ち上がる。

「おとよを迎えにいきます」

「今のままじゃ、くり返すだけだぜ」

杉蔵は表情を引きしめて、力強くうなずいた。

「まずは母と姉に、話をつけてきます。このままじゃ、おとよが――おれたち家族が壊れちまう」

怜治は、すっと目を細めた。

「今まで好き勝手にさせていたんだろう？　今さら、おまえに仕切れるのかねえ」

「きっちり仕上げなきゃ気が済まねえのが、おれの性分なもんで」

杉蔵は自分に言い聞かせるように断言した。

「しっかり片をつけた、その足で、おとよを迎えにいきますよ」

杉蔵が仕事場を出ていく。

住まいの戸を引き開け、子供たちの顔を見てから、隣のかみさんに声をかける。

「すぐに戻りますんで、ちょいと子供たちを頼みます」

ちはると綾人が外へ出た時には、もう杉蔵は木戸へ向かって走っていた。

「それじゃ、おれたちも行くとするか」

怜治が「どっこらしょ」と腰を上げ、大きく伸びをした。

「早く帰らねえと、たまおと慎介にどやされるぜ。おまえらも、きっちり仕事をしねえとな」

「はい」

ちはると綾人の返事が重なり合った。


その夜遅く、杉蔵が弁当箱を返しにきた。

「明日から、もう弁当はいりません」

杉蔵の言葉に、朝日屋の一同は「おっ」と目を見開く。

食事処を閉めたあとの入れ込み座敷に上がり込んでいた兵衛が、はしゃいだように手を叩いた。

「っていうことは、おとよさんが戻ってきたんだね？」

「はい。今は長屋で、子供たちを寝かしつけております。おちかも鶴蔵も、おとよにべったりくっついて、離れませんで」

杉蔵は背筋を正して、一同を見回した。

「このたびは、本当にありがとうございました。おかげさまで、雨降って地固まると申しますか——母は、姉の嫁ぎ先の近くへ住むことになりました」

杉蔵は解せぬと言いたげな表情で、後ろ頭をかいた。

「けっきょく、あの二人は、互いに離れたくないようでしてねえ。『万町の長屋へ越してこなければ、もう面倒は見きれない』と、きっぱり申しましたら、『それじゃ北新堀町へ越す』という話になりまして――おとよを散々呼びつけていたのは何だったのかと、わけがわからねえくらい、すぐにあっさりと――」

兵衛は訳知り顔で肩をすくめた。

「実の子とだって、相性というものがあるからねえ。まして、おとよさんは嫁だ。前々から、二人の間では『いずれ、おっかさんが一人で暮らせなくなった時には、北新堀町へ』という話がまとまっていたのかもしれないよ」

杉蔵が情けない顔で眉尻を下げる。

「それなら最初から、向こうへ行ってくれればよかったのに……」

兵衛は苦笑した。

「おっかさんには、できる限り今の場所で暮らしたいという気持ちがあったんじゃないかねえ。死んだおとっつぁんと一緒に暮らしていた長屋なんだろう？」

「ええ――まあ――」

杉蔵は気を取り直したように顔を上げて、調理場の前へ来た。

「おちかと鶴蔵が、弁当をとても喜んでおりました。お日さまとお月さまが、特に気に入ったようで。本当に、ありがとうございました」

慎介が仕切りの前に立って、首を横に振る。

「おとよさんの作るお日さまとお月さまには、とても敵いませんよ。おちかちゃんと鶴蔵ちゃんにとっては、おっかさんの味が一番なんですから」

慎介の後ろで、ちはるは大きくうなずいた。

幸せの味は、人それぞれ。

味の好みも、十人十色だ。

しかし、この先、どれだけ数多くの料理を作っても、小さな日輪のような幸せの味があることを、ちはるは決して忘れまいと思った。

杉蔵が深々と礼をして、戸口へ向かう。その背中に向かって、怜治が声をかけた。

「おい、おとよに言っときな。今度家を飛び出した時は、朝日屋に来いってよ」

足を止めて振り返った杉蔵に、怜治はにやりと笑う。

「うちは旅籠だからよ。幼馴染みの家よりも気兼ねなく、上げ膳据え膳ができるぜ」

杉蔵は「勘弁してくださいよ」と苦笑しながら、頭を振った。

「もう二度と、おとよに家を飛び出させるような真似はいたしません」

杉蔵の答えなど最初からわかっていたような顔で、怜治はからりと笑った。

「じゃあ、今度みんなで飯を食いにきな。鶴蔵も、そのうち聞き分けがつくようになるだろうよ」

「はい。ありがとうございます」

提灯《ちょうちん》を手に、杉蔵は帰っていった。

夜闇の中、提灯の明りは杉蔵の足元を危なげなく照らすだろう。

まるで、夜にも沈まぬ小さな日輪のように——。

第四話
一陽来復の朝

「動くな！」

　閉じた表戸の向こうで大きな声が上がった。

「ですが、あの――仕事中ですので、勘弁してくださいまし」

　困りきった声は、綾人である。

「いいから、ちょっと黙ってな。その綺麗な顔を、もう少し右に向けて――いや、そうじゃねえ。もう少し左だ」

　ちはるは慎介と顔を見合わせた。

　美しき元女形の綾人が、ならず者に絡まれているのだろうか。

　たまおも入れ込み座敷を拭き清める手を止めて、心配そうに表戸を見つめている。草履を履いて土間に下り、表戸に近寄った。

「待て」

　慎介が包丁を置いて、調理場を出る。ちはるもあとに続いた。

「たまおとちはるは表に出るんじゃねえ。二階へ行って、怜治さんを呼んできな」

「でも、慎介さん一人じゃ……」

「いいから、引っ込んでろ。早く怜治さんを呼んでこい」

たまおが階段を駆け上がった。

「怜さま！　早く来てください、怜さま！」

慎介が、ぐっと右手を戸にかけた。勢いよく表戸を引き開ける。

「うちの下足番に、何かご用で――」

慎介の低い怒り声が途切れた。戸に手をかけたまま、動きを止めている。

「どうしたんですか⁉　いったい何が――」

ちはるは背伸びをして、慎介の背中越しに通りへ首を伸ばした。

「えっ――？」

通りでくり広げられている光景が理解できずに、ちはるは啞然とする。

箒《ほうき》を持った綾人が、見返り美人図のような姿勢で通りを見つめていた。

綾人の足元には、綾人を凝視しながら、地面に置いた帳面の上で筆を動かす男が這いつくばっている。年の頃は三十五、六か。尻端折りに股引姿――脚絆《きゃはん》を巻いた、草鞋《わらじ》履きだ。大きな行李《こうり》と菅笠《すげがさ》を脇に置いている。

「いいねえ――そうだ、もっと遠くを見て――ああ、いいねえ――」

はあはあと息を荒くしながら、男は綾人を凝視し続けている。筆を動かす手は一瞬たりとも止まらない。

「何ですか、あれ……？」

ちはるの問いに、慎介は困惑顔で首をかしげた。

「さあ――綾人の絵を描いているようだが――」

綾人が表戸のほうを見た。

「すみません。こちらの方は――」

「だから、動くなと言っているだろう！」

這いつくばっていた男は身を起こして、慎介を見た。

「あんたが朝日屋の主かい？　今日からしばらく、ここに泊まるから。こいつの絵を描かせておくれよ」

男は綾人に目を戻した。

「通りを掃く姿がこんなに美しい下足番は、初めて見たよ。描きたいという気持ちが、むくむく湧き上がってくる」

綾人は困り顔で眉尻を下げた。

危害を加えられた様子は一切ない。ただ姿絵を描かれているだけなのか――。

「だから大丈夫だって言っただろうがよ。二階の窓から、ちゃあんと見ていたんだぜ」

背後で怜治の声がした。振り向けば、いつの間にか怜治が土間に立っていた。

怜治は面倒くさそうな顔で通りへ出ると、這いつくばっている男の前にしゃがみ込んだ。

「あんた、旅の絵師かい」

男はうなずいた。

「号は、白花《はくか》——緑陰《りょくいん》白花と名乗っている」

怜治が立ち上がった。

「白花さんよ、まずは中へ入ってくんな。いつまでもそうやっていられちゃ、道を通る者の邪魔になっちまう。四畳半の客室でいいな？」

白花は怪訝顔で怜治を見た。

「あんた誰だい」

「朝日屋の主さ」

怜治は白花の脇に置いてあった行李を持ち上げて、にやりと笑った。

「江戸一番の宿へ、ようこそ。歓迎するぜ」


ちはるは階段の上を仰ぎ見た。

白花は六畳の客間で一人、悠々と過ごしているはずだ。

紙を広げて、ゆったりと絵を描きたいので、この宿で一番広い部屋に泊まりたいと白花が希望したため、朝日屋の客室で唯一の六畳間に通した。

二階にある客室は、全部で六つ——白花が使っている六畳間をのぞいた五部屋は、すべて四畳半だ。

本来であれば、二人連れや三人連れの客のために六畳間を残しておきたいところではあるが——悲しいかな、先々月に小田原から来た伝蔵が宿泊して以来、泊まり客はまだない。白花が二人目である。六畳間を断る理由はなかった。

「今日からしばらく、ここに泊まるとおっしゃっていたけど——いったい何泊していただけるんだろうね」

ちはるの隣に綾人が並んだ。期待に満ちた表情をしている。

「朝日屋は旅籠だから、やっぱり、泊まりのお客さまがいらしてくださってこそ、やっと本来の姿になれたという気がするよ」

ちはるはうなずいた。

「お食事だけのお客さまも、もちろん大事だけど——泊まりのお客さまがいらっしゃらなければ、朝膳をお出しする機会はないもの。やっぱり、何だか、気持ちが違うわよねえ」

「馬鹿野郎！　おめえたち、何を抜かしていやがるんだ」

調理場から叱責の声が飛んできた。

「いつも通りだ。それ以外はねえ」

慎介が厳しい表情で、ちはるを睨んでいる。だが、その口元はどことなく、しまりがなかった。わずかに、にやけてしまっている。やはり慎介の気持ちも、伝蔵以来の泊まり客に弾んでいるのだろう。

慎介は浮かれ気分をごまかすように、ぐっと眉間に深いしわを寄せた。

「とにかく、これが特別だなんて思うんじゃねえぞ。逆の言い方をすれば、どのお客も、みんな特別なんだ」

「はい」

ちはるは顎を引いて背筋を伸ばした。

どのお客も、みんな特別——それは忘れてはならない、大事なことだ。

当たり前のことだが、朝日屋に足を運んでくれる客の一人一人に、それぞれの暮らし向きがある。さまざまな出来事の中で、さまざまな思いを抱えながら、朝日屋でひと時を過ごし、料理を味わっているのだ。

慎介が福籠屋の頃に掲げていた「ひとつでも多く心が幸せになるような、そんなひと時を味わっていただきたい」という理想——客を感動させたいという心意気は、朝日屋でも受け継いでいくべきではないだろうか。

かつて女形として舞台に立っていた時は、客に「日頃の憂さを忘れて、ほんのひと時だけでも夢の世界に浸って欲しい」と願っていた綾人も、表情を引きしめ、うなずいている。

慎介が柏手《かしわで》を打つように、ぱんっと両手を打ち鳴らした。

「さあ、仕事だ」

「はい」

ちはるは調理場へ、綾人は下足棚の前へ――それぞれの持ち場で、客を迎え入れるための支度をする。


日が暮れて、食事処に客が入ると、あっという間に入れ込み座敷は埋まった。

本日の夕膳は、生鱈の煮つけ、鱈の白子の柚子醬油がけ、牛蒡の天ぷら、青海豆腐《せいがいとうふ》、それに白飯と蕪の澄まし汁である。食後の菓子は小蜜芋だ。

客たちは料理に舌鼓《したつづみ》を打ちながら酒を飲んだり、連れと語り合ったり、一人黙々と食べ進めたり――各自、思い思いのひと時を入れ込み座敷で過ごしている。

「この青海豆腐は美味いなぁ。葛湯《くずゆ》で煮たなめらかな豆腐に、香ばしい青海苔《あおのり》がよく合っているよ」

「ここまで香りがいいってことは、海苔をよく焙《あぶ》ってから使っているんだな」

客たちの話に、たまおがさりげなく通りかかって「おっしゃる通りでございます」と相槌を打つ。

「よく焙ってから、揉んで細かい粉にした海苔を、薄い葛湯で煮た絹豆腐に振りかけております」

客たちは感心したようにうなずいて、青海豆腐を見つめた。

「海苔に、まったく焦げがない。料理人が、よく気をつけて焙っているんだろうなぁ」

「見れば、丁寧に揉んであるのがわかる」

たまおは嬉しそうな笑みを浮かべて、丁寧に一礼した。

「ありがとうございます。お客さまにお褒めいただき、料理人も喜びます」

調理場に届いた言葉に、ちはるはうなずいて、調理台の前で一礼した。慎介も隣で小さく頭を下げている。

このところ、舌の肥えた客が増えている――朝日屋の料理が認められてきたのだという思いに、ちはるの胸が熱くなった。

「手を止めるなよ」

「はい」

ちはるは澄まし汁をそっと膳の上に載せる。白い実の上に載せるようによそった蕪の葉がわずかにゆらりと揺れた。まるで笑っているようだと思った。

「おい、姉さん、あれは何だい」

不意に小さく響いた声に、ちはるは顔を上げて入れ込み座敷を見た。

出入り口付近に座った一人の男が、たまおに話しかけている。咎めるというよりは、気味悪がるような目で、階段をちらちらと見ていた。

ちはるも階段に目を向けて、ぎょっとする。

二階の部屋で食事を取っていたはずの絵師、緑陰白花が着流し姿で階段の中ほどに座り込んでいた。食い入るように入れ込み座敷を見下ろして、小さな画帳の上で絵筆を動かしている。小刻みに動く手は速い。じっくり考えながら描いているのではなく、見て感じたままに描いている様子だ。

隣にいる慎介の顔を見れば、驚き呆れた顔で口をぽかんと開けていた。

白花が絵筆を動かしながら、階段を下りてくる。

たまおが慌て顔で階段に駆け寄った。

「危ないですよ。足元をご覧ください」

白花は入れ込み座敷を凝視したまま、うなずいた。

「うおっ」

うなずいたと同時に足を踏みはずして、白花は階段の一番下まで落ちていく。絵筆を右手に、画帳を左手に持ったまま、板の上を尻で滑るがごときありさまだった。

白花は床に尻餅をついたまま、絵筆と画帳を高く掲げ持つ。はだけた裾をそのままに、筆が折れたり、紙が破れたりしていないか確かめて、ほうっと大きく息をついた。

「大丈夫ですか⁉」

たまおが声をかけると、白花は無言でこくこくとうなずいた。駆け寄ってきた綾人が差し伸べた手を無視して立ち上がると、入れ込み座敷で食べている客に歩み寄って、その膳を上から覗き込む。

「わたしが部屋で食べた物と同じだな」

白花は膳の横に、べたりと座り込んだ。膳に張りつかれた客は迷惑そうに顔をしかめて、たまおを見上げる。たまおは膝をつき、頭を下げながら白花と客の間に割って入った。

「申し訳ございませんが、他のお客さまのご迷惑になるような真似は――」

はっと我に返ったように、白花は勢いよく、たまおに顔を向けた。

「ああ――やっぱり、あんたもいいねえ。まるで天女のようだ」

「は？」

たまおはきょとんと目を瞬かせる。白花はうっとり目を細めて、たまおをじっと見つめた。

「実に美しい。この宿に足を踏み入れて、ひと目あんたを見た時から、ずっと思っていたんだ。ああ、この女人の絹豆腐のようになめらかな肌を、白い紙の上に描いてみたい――となᅟ」

「はあ……」

たまおは苦笑しながら、さりげなく白花との間を空けた。白花がずいっとにじり寄り、その間を埋める。

「今宵、わたしの部屋で、あんたの絵を描かせてもらえないだろうか」

たまおは即、首を横に振った。

「できません」

「なぜ」

「仕事を離れて、お客さまの部屋へ伺う真似はいたしません」

「そこを何とか頼むよ」

白花は画帳を床に置き、その上に絵筆を置いた。がばりと両手で、たまおの手を握りしめる。

と同時に、ぐいっと襟首を後ろに引っ張られた。

白花の後ろに立った怜治が右手で襟首をつかんだまま、左手で白花の手をつかんでいた。

白花の右手も左手も、あっという間に、たまおから引きはがされる。

「おい、白花さんよ。うちの仲居に手ぇ出されちゃ困るぜ」

怜治は腰をかがめて、振り返った白花の顔に顔を寄せる。

「朝日屋は、料理ともてなしで客を呼ぶ宿だ。飯盛《めしも》り女は置かねえんだよ。女と遊びたきゃ、吉原へでも行ってくんな」

白花は慌てた顔で両手を振った。

「いや、違う。わたしは、そんなつもりで、この女人を誘ったのではないぞ。わたしは絵師だ。心を揺り動かされたものを描きたくなるのは当たり前だろう」

　ふんぞり返った白花を、怜治は鼻先で笑う。

「知ったことかよ。誰であろうと、朝日屋の女に手を出すやつは、おれが許さねえ」

　怜治は人差し指で勢いよく、ぴんぴんと白花の手の甲を叩いた。

「痛っ」

　怜治は腰を伸ばして、白花を見下ろした。

「二度と、たまおに触るんじゃねえぞ。次にやったら、二階の窓から通りに絵具を放り出すからな」

　入れ込み座敷の客たちが喜色を浮かべて手を叩く。

「いよっ、朝日屋！」

「客に媚《こ》びない姿勢がいいねえ」

　白花はすねた顔で唇を尖らせる。

　怜治は口角を引き上げながら、床に置かれていた白花の絵筆と画帳を手にした。

「へーえ、見事なもんだ」

　白花に膳を覗き込まれていた客の顔と画帳を交互に見て、怜治は長い唸り声を上げた。

「白花さんよ、おれは風流なんてものに縁がねえから、知らなかったが――あんた、ひょっとして、名のある絵師だったのかい」

怜治は客の前に画帳を掲げた。

「あんたの姿が、よく描かれているぜ」

客は画帳を見て「ええっ」と声を上げた。

「これが、おれか⁉　何だよ——お世辞にも美男とは言えないが、いかにも幸せそうな顔で料理を食べているじゃないか。おれは、こんな表情をしながら、飯を食っているのかい——」

感極まったように、客の声は震えていた。

周囲の客たちが寄り集まって、小さな画帳を覗き込む。わっと歓声が上がった。

「本当だ。こりゃあ、すごい」

「たまおさんを描きたいって言ったのは、本当に、絵心が動いたからだったんだなぁ」

調理場からは、画帳に描かれた絵が見えない。しかし客たちの感嘆ぶりから、素晴らしい絵が描かれているのだということが、ちはるにもしっかりと伝わってきた。

画帳と絵筆をそっと床に置くと、怜治は客の輪から離れて、調理場までやってくる。

「あいつの画帳には、朝日屋の今日の夕膳も描かれていたぜ」

ちはるの胸が、どきんと跳ねた。

いったい、どんなふうに描かれていたのか——。

慎介が残念そうに小さく唸った。

「絵を描いたあとで食べたんじゃ、料理が冷めちまっていただろうなぁ」

慎介は悔しそうな目を天井に向けた。白花が泊まっている部屋の辺りを、じっと見つめる。

「だが、途中で我慢できなくなったみたいでよ。仕上がった絵の中の料理は、ところどころが食べかけだったぜ」

怜治の言葉に、慎介は気を取り直したような顔で入れ込み座敷へ目を移した。

白花は食事処の客たちに囲まれて、嬉しそうに顔をほころばせている。

「あんたの絵は、実にたいしたもんだよ！」

「人の表情もいいし、料理も美味そうに見える。こんな素晴らしい絵を、あっという間に描けちまうなんて、恐れ炒り豆花山椒《はなざんしょう》だぜ——今日の膳にゃ、炒り豆も山椒もねえがな」

客たちは「馬鹿言ってらぁ」と、声を上げて笑う。白花も「あはは」と手を叩いて笑っていた。周囲の客たちに褒めそやされて、すっかり機嫌顔だ。

やがて白花は入れ込み座敷にどっかり腰を落ち着けて、近くにいた客たちと酒を酌み交わし始めた。

「白花さんは、いいねえ。一人気ままに旅をしながら絵を描いて生きるなんて、最高じゃないか」

白花は人生を嚙みしめるようにうなずく。

「よく宿代が続くねえ」

白花は、ひょいと肩をすくめた。

「金を取らずに泊めてくれるところもあるのさ。寺に泊めてもらった時は、返礼として本堂の襖《ふすま》に絵を描いた。茶道をたしなむ隠居の屋敷に泊めてもらった時は、乞われて妾《めかけ》の絵を描いた。泊めてくれるところが見つからない時は、木の根を枕に、星明りの中で眠るのさ」

周囲の客たちが感嘆の声を上げる。

「いいなあ。おれも、そんな生き方をしてみたいぜ」

「旅先で、女の一人や二人や三人と、ねんごろになったりしてなぁ。行く先々で女が待っているなんて、男の夢じゃあないか」

「実際は、どうなんだい？　あちこちに、女がいるのかい」

白花は首をかしげて、すっとぼけてみせる。

「さあ、どうだろうねえ」

余裕に満ちた声色に、周囲の客たちは「く～っ」と歯噛みする。

「まったく、うらやましいねえ！　おれも旅の絵師になってみたいもんだよ」

「なってみればいいい」

白花の言葉に、周囲の客たちは一斉に頭を振った。

「無理に決まっているじゃないか！　奔放な生き方を許される者なんて、そうそういやしないよ。たいていは、みんな、何かしらのしがらみに縛られて生きているんだから」

「白花さんみたいな生き方を、みんなができると思っちゃ大間違いだ」

「おれたちは江戸の中であくせく働いて、美味いもん食いながら酒を飲むのが、唯一かつ最大のお楽しみなんだ。白花さんに比べりゃ、ちいせぇもんよ」

　白花が両手をぱんと打ち鳴らした。

「お楽しみといえば、駱駝《らくだ》だ！」

「はあっ⁉」

　呆気《あっけ》に取られる周囲を無視して、白花は立ち上がり、調理場に向かって手を振った。

「明日は出かけるから、昼の分の握り飯を頼むよ！」

　慎介が一礼して、承知の意を表す。白花は満足そうに目を細めて、拳を握り固めた。

「明日は両国《りょうごく》に、駱駝を見にいくんだ！」

　ちはるは思わず、蕪の澄まし汁をよそう手を止めて、入れ込み座敷の白花をじっと見つめた。

「駱駝って——背中にこぶがある、あの動物ですか？」

　慎介が戸惑い顔でうなずいた。

「確か、一昨年だったか——両国の見世物小屋に駱駝が来ていたよなぁ。大勢が押し寄せて、大当たりだったそうじゃねえか。おれは店があったから、行かなかったけどよ」

「あたしも行きませんでした。夕凪亭のお客さんが、買った駱駝の絵を見せてくれましたけど——」

思いきって店を休んで、駱駝とやらを見にいってみようか——いや、混んで大変だってさ——両親がそんなやり取りをしていたことを思い出して、ちはるは目を伏せた。

両親が生きていれば、いつか親子三人そろって、駱駝見物を楽しめる日がきたかもしれないのに……そんな思いが胸をよぎって、ちはるは唇を嚙みしめる。

火盗改が踏み込んでこなければ——いや、それ以前に、久馬が現れなければ——ちはるたち親子三人の人生は、大きく変わっていたはずだ。

「今は駱駝の見世物なんて、やっていねえんじゃねえのか？」

入れ込み座敷で上がった声に、ちはるは我に返った。

「そんな馬鹿な！」と、白花が叫ぶ。

「わたしは駱駝を見るために、江戸へ来たんだよ。両国に駱駝がいると、旅の途中で聞いたんだ」

周りの客たちは首を横に振る。

「そりゃ間違いだぜ」

納得できぬと、白花は激しく首を横に振り返した。

「両国にいないなら、浅草あたりに――」

「いないな」

きっぱり言い切られた白花は、むうっと唇を尖らせた。

明日の握り飯は取り消しか――と、ちはるが思った瞬間、白花が勢いよく調理場を指差す。鬼気迫るような眼差しの白花と目が合った。

「握り飯の注文は、そのままで！」

白花の声と目力に押されて、ちはるはこくこくとうなずいた。

「わたしは、あきらめない！　明日は駱駝を探すんだ！」

周囲の客たちは首を横に振りながら肩をすくめて、杯に残っていた酒をあおった。


翌朝早く起き出してきた白花は、朝膳を催促して平らげたあと、握り飯を持って出かけていった。

表戸の外で見送っていた綾人が微苦笑を浮かべながら戻ってくる。

「今、この江戸のどこかに駱駝はいるんでしょうか」

「いねえな」

階段を下りてきた怜治が事もなげに断言する。

「いたら、もっと話題になっているはずだぜ。昨夜《ゆうべ》の客たちが知らねえってのが、すべてさ」

ちらりと表口に目をやって、怜治は腕組みをした。

「そのうち、しょんぼり肩を落として戻ってくるだろうよ」

反論する者は誰もいない。みな一様に黙って、目を伏せている。残念がる白花の姿から、目をそらしているように。

駱駝を見るために江戸へ来たというのに、江戸に駱駝がいなかったなんて――。

「気の毒としか言いようがねえが、おれたちが気を揉んでいたって仕方ねえ」

慎介が声を張り上げた。

「さあ、みんな仕事に戻れ。ぐずぐずしていると、昼を過ぎて、あっという間に日が暮れちまうぞ」

「はい！」

綾人、たまお、ちはるの声が重なり合った。


本当に、あっという間に日が暮れていく。

とっぷり夜が更けても、白花は戻ってこない。

「いったい、どうしちゃったのかしら」

食事処の客たちがすべて帰ったあとの入れ込み座敷を片づけながら、たまおが心配そうに首をかしげた。

表戸の外を見にいっていた綾人も首をひねりながら戻ってくる。

「道に迷って、戻ってこられなくなったんでしょうか」

入れ込み座敷で胡坐をかいていた怜治が、けっと呆れ笑いを飛ばす。

「子供じゃねえんだ。人に道を聞くなり、駕籠を使うなり、何とでもできるだろうよ」

不安を拭いきれないような表情で、たまおは表口を見つめる。

「それにしても、ちょっと遅過ぎやしませんか」

辻斬《つじぎ》りで夫を失った夜が目の前によみがえったかのように、たまおは身震いをした。

「もし、何かに巻き込まれていたら――」

「心配ねえよ。駱駝をあきらめて、岡場所にでもしけ込んでいるのかもしれねえぞ」

たまおの不安を笑い飛ばすように、怜治は軽口を叩いた。

「今頃しっぽり布団の中で、女郎の柔肌を描いているんじゃねえのか。絵の道具を背負っていったんだからよ」

「女郎の柔肌は、もう描き飽きた」

薄く開いた表戸の隙間から、ぬっと白花の顔が現れた。

近くに立っていた綾人が「ひっ」と息を吞んで、あとずさる。

行燈の明りに照らされた生首のように、白花は戸から顔だけを出したまま、ため息をついた。

「やっぱり駱駝はいなかったよ。両国、浅草、上野――駕籠を使って、あちこち走り回ったのに。品川のほうまで行っても、駱駝はどこにもいなかった。手当たり次第に聞き回っても、みんな『知らない』と言うんだ」

「だろうな」

鼻先で笑う怜治に、白花が恨めしげな目を向ける。怜治は顎をしゃくって、中へ入るよう促した。白花は疲れ切った様子で、入れ込み座敷に腰を下ろす。

「駱駝を連れてくることはできねえが、駱駝を見たやつなら連れてくることができるぜ」

怜治の言葉に、白花は目を瞬かせる。

「ほら、おいでなすった」

通りから話し声が聞こえてきたと思ったら、表戸が外から勢いよく引き開けられた。意気揚々と顔を出したのは兵衛だ。

「一昨年の葉月《はづき》に両国で駱駝を見物した、井筒屋《いづつや》さんを連れてきたよ！」

兵衛のあとから姿を現した中年男が、ひょこりと頭を下げた。

「柳橋《やなぎばし》で船宿を営んでおります、井筒屋吾郎でございます。駱駝見物の際に土産物として買った絵を持参しようと思ったのですが、どこかにしまい忘れてしまったようで、見つかりませんでした」

白花が目を見開いて、腰を浮かせる。

「駱駝の絵――！」

今にも飛びかからんばかりの顔で井筒屋を見て、白花は両手をわななかせた。

「見つからなかったと言っても、探せばどこかにあるんだろう？　まさか捨ててはいないだろうね⁉」

井筒屋は申し訳なさそうな顔で後ろ頭をかいた。

「捨ててはいないはずなのですが――もしかしたら女房が、親戚の子供にやってしまったかもしれません」

白花の顔が絶望に染まる。

「駱駝を見物した直後には、珍しい物を見たと興奮して、いろんな者に絵を見せたりもしておりましたが――次第に熱が冷めてくると、絵を取り出して眺めることもなくなってしまい――」

「もう一昨年のことだからねえ」

と言いながら、兵衛が入れ込み座敷へ上がり込む。促されて、井筒屋もあとに続いた。

「だけど井筒屋さんに話を聞けるだけでも儲け物だろう？」

たしなめるような眼差しを兵衛に向けられて、白花は慌てたように表情を引きしめた。

「それは、もちろん。どんな姿形をしていたのかだけでも教えてもらえれば、絵にできるはずだ」

白花は背負っていた荷物を解いて、絵の道具を取り出した。入れ込み座敷の床に紙を広げて、絵筆を握る。

みな寄り集まって、白花の手元を覗き込んだ。ちはるも慎介のあとに続いて、入れ込み座敷に腰を落ち着ける。

「さあ、井筒屋さん、駱駝の風貌を教えてくれ」

たまおが運んできた茶で喉を湿らせて、井筒屋は居住まいを正した。

「ええと――身の丈は九尺ほどで、茶色くて――背中に大きなこぶがありました」

井筒屋は湯呑茶碗を脇に置くと、駱駝の輪郭をなぞるように宙で両手を動かした。

「こう――にゅっと首が長く曲がっていて――顔は、どことなく馬に似ておりましたな。二頭おりましたが、どちらも同じような風貌でした」

白花が紙の上に筆を動かしながら首をかしげる。

「二頭は親子ですか？　それとも――」

「番《つがい》です。駱駝の夫婦はとても仲睦まじく、見物するだけで夫婦和合のご利益があると言われておりましたよ」

「雄と雌の大きさに違いは？　耳の形や、足の太さ、爪の形はどうなっていましたか」

「どちらも九尺ほどだったとしか――」

井筒屋は言い淀んだ。

「すみません。細かいところは、よく覚えておりません」

白花は不満げに唸った。

「毛並みは？　ふさふさ？　つるつる？　ごわごわ？」

井筒屋は困ったように眉根を寄せる。

「触ったわけではございませんので、それも何とも——それほど長い毛には見えませんでしたが——駱駝使いの言うことをよく聞き、立ったり座ったりと、芸を披露していたことはよく覚えております」

寄り集まっていた一同が「へえ」と声を上げる。井筒屋は気を取り直したように顔を上げた。

「芸が上手くできた褒美に、大根をもらっておりましたな」

「大根⁉」

一同の声が重なり合った。

「駱駝は大根を食べるのか！」

井筒屋は大きくうなずいた。

「それは間違いございません。確かに、大根を食べておりました。あとは、駱駝使いの衣装が唐風《からふう》で、木戸銭が三十二文だったと記憶しております」

井筒屋は気恥ずかしそうな顔で頰に手を当てた。

「こうして改めて説明してみますと、記憶があやふやになっていると、よくわかりますな。駱駝見物の帰りに両国橋の屋台で食べた烏賊焼きを半分落としてしまったとか、そんなことのほうが、はっきりと覚えていたりして――」

兵衛が慰めるように、井筒屋の肩をぽんと叩く。

「そんなものだよ。わたしだって、近所で飼われている犬の風貌を説明しろと言われても、上手くできないさ。赤い首輪をしていて、耳が尖っている茶色い犬だっていうことは、わかっているんだけどねえ」

白花は迷ったそぶりを見せながらも筆を進めていく。

二頭の大きな駱駝と、それを取り囲む見物人たちの姿が紙の上に描き出された。

「こんな感じだろうか……」

井筒屋が感嘆の息を漏らす。

「いやぁ、驚いた。わたしのつたない説明で、よくぞここまで――駱駝も、見物人たちも、実によく描けているではございませんか」

懐かしむような目で絵をじっと見つめて、井筒屋は何度もうなずいた。

「確かに、こんな感じでしたよ。珍妙な姿の駱駝に、みんな驚き呆れて口を開け、駱駝が動くたびに声を上げて――」

一同は絵に見入った。

嬉々とした顔で駱駝を指差す男、体格のよい父親に肩車をされながら駱駝に向かって首を伸ばしている男児、恐る恐る夫の後ろから駱駝を覗き込む女人――。

両国の見世物に集う人々の熱気が、紙の上にあった。

白花が唇を尖らせて、ふんと鼻を鳴らす。

「わたしは駱駝を描いたのに……」

褒められるのが人物ばかりで不満のようだ。

「だけど本当に、よく人が描けているよ」

感心しきりの表情で、兵衛が目を細めた。

「絵の中の人たちは、本当に、みんな楽しそうだ。わたしも駱駝を見にいきたくなってしまったよ」

白花は絵の中の駱駝を睨むように、じっと見つめた。

「じゃあ駱駝は？」

白花の呟きに、一同は首をかしげる。

「みんなに見られている駱駝は楽しいんだろうか」

白花は大真面目な顔で、独り言つように続けた。

「遠い異国の地から連れてこられて、人目に晒《さら》されて――駱駝に不満はないんだろうか。

芸を披露して、大根をもらえれば、それで満足なのか」

白花は井筒屋に顔を向ける。

「駱駝は何て言っていた？」

井筒屋は困惑顔で首を横に振る。

「何てって――駱駝はしゃべりませんよ」

白花はあっさりとうなずく。

「そうなんだ。しゃべらないから、わからないんだ」

白花は床に両手をついて、自分が描いた駱駝に顔を近づけた。

「わからないから、描けない……」

白花の長い唸り声が入れ込み座敷を這うように響く。

ひょっとして駱駝の鳴き声とはこんなようなものだろうかと、ちはるは思った。

翌朝、白花の部屋に朝膳を運んでいったたまおが顔を引きつらせて調理場へ駆け込んできた。

「大変です。白花さんが――」

「具合でも悪いのか⁉　医者を呼ばなきゃならねえくらいか」

慎介の問いに、たまおは首を横に振る。

「朝食は、大根を丸ごと一本にしてくれとおっしゃって――」

「はあっ⁉　何だって⁉」

慎介は混乱したような顔で、あんぐりと口を開ける。

「お部屋にお持ちした朝膳はいらないそうです。『駱駝は箸を使って飯を食わないから』とおっしゃって――」

慎介は眉間に深いしわを寄せて、天井を仰いだ。

「駱駝は箸を使わないって――そんな当たり前のこと――いったい、白花さんは何をしようっていうんだ」

「駱駝の真似をなさっています」

理解できぬと言いたげに、たまおは頭を振った。

「風呂敷で枕を背中にくくりつけ、その上からもう一枚着物を羽織って、畳に這いつくばい――四つ足で部屋の中を動き回って――」

その姿を思い浮かべて、ちはるは口をゆがめた。笑ってよいのか、気味悪がってよいのか、わからない。

背中にくくりつけた枕は、駱駝のこぶのつもりなのだろう。駱駝が餌を頬張るがごとく、大根を丸ごと一本ぼりぼりとかじるつもりなのだから、白花は本気なのか――。

わからないから描けないと言っていた白花は、駱駝になりきることで、少しでも駱駝に近づき、駱駝を理解しようとしているのだ。理解できれば、きっと描けると思っているのだろう。

慎介が苦虫を嚙み潰したような顔で、大きなため息をつく。

「大根を丸ごと一本だなんて——朝日屋の料理としては出せねえぞ」

たまおがうなずいた。

「わたしも、そう申し上げたんですけど、『この宿は客の意向を汲んでくれないのか』と言い張られてしまって……」

ちはるは唸った。

「そもそも駱駝はしゃべらないはずですよねえ」

「そうなのよ。矛盾しているのよ」

慎介は頭痛をこらえるように、こめかみに手を当てる。

「おれが行って、話してみる」

二階へ上がっていく慎介のあとを、ちはるとたまおも追った。

ぽこりと浮き出た偽物のこぶを背負って、白花はちろりとこちらを見た。両手の肘と、両足の膝を畳につけ、四つん這いになっている。唇をむにゅっと横にゆがめて、いかにも無理やり目を見開いている。

襖の前に座した慎介の後ろから部屋の中を覗き込んで、すぐに、ちはるは目を伏せた。敷居の向こうにいる白花の滑稽な姿を見続けていたら、ぷっと笑い出してしまいそうだ。

「大根を持ってきてくれたかい？」

思わず顔を上げると、あーんと口を大きく開けた白花がこちらに向かって首を伸ばしていた。餌をもらう駱駝になりきっているのか。

「くっ……」

ちはるは頬の内側を噛んで、噴き出してしまいそうになるのをこらえた。隣に座っているたまおを見れば、困りきった表情で苦笑している。

慎介が、ぐっと拳を握り固めた。

「お客さまにお出しする膳は決まっております」

いい加減にしろと怒鳴りたくなる衝動を抑えているような声で、慎介は続けた。

「本日の朝膳は、鮪の山かけ、小松菜と人参の白あえ、卵焼き、納豆と葱の海苔巻き、それに白飯と、しじみの味噌汁。食後の菓子は、小蜜芋でございます」

慎介は部屋の隅に置かれていた朝膳を手で差し示した。

「どうぞ、お召し上がりください」

白花は四つん這いのまま、首を横に振る。

「わたしは今、駱駝なんだ。人と同じ物は食べられないよ」

ちはるの背後で「へーえ」と声が上がった。振り向けば、怜治がにやりと笑いながら顎を撫でさすっていた。その後ろには、微苦笑を浮かべた綾人が立っている。

「うちに駱駝を泊めた覚えはねえんだがなぁ」

怜治はずかずかと客室へ入っていった。大げさに呆れた顔をして、腕組みをしながら白花を見下ろす。

「こいつが噂の駱駝さんかい。ずいぶん間抜けな面してるじゃねえか」

むっと顔をしかめた白花をせせら笑って、怜治はちらりと朝膳を見た。何も言わぬまま、すぐ反対端に置いてあった大きな行李の前へ行く。勝手に蓋を開けて、中の荷物を取り出した。

白花が膝立ちになる。

「何をするんだ！」

「うるせえ。駱駝は黙ってろ」

怜治は行李の中から紙の束を取り出した。一枚ずつ、畳の上に並べていく。

菅笠をかぶって雨の中を進む旅人。

道端の花を摘む幼い少女。

旅人の袖を引っ張って、旅籠に客を引き入れようとする飯盛り女。

渡し船の上から空飛ぶ鳥を眺める老人。

稲穂を刈る百姓たち。

茶屋で団子をかじっている旅人。

旅の中で白花が見てきただろう風景が——その場面の中で生きる人々の姿が、力強く生き生きと描かれていた。

通りを掃き清める綾人の姿もある。

「さぁて。売れそうな物はあるかな」

白花が、ぎょっとした顔で立ち上がる。

「勝手な真似をするなっ」

怜治はじろりと白花を睨んで、人差し指を畳に向けた。

「駱駝は黙って座ってろ」

うぐぐっと歯を食い縛って、白花は怜治を睨みつけた。

「わたしは駱駝——わたしは駱駝——」

念仏のように唱えて、白花は再び四つん這いになった。

怜治は行李の中を覗き込む。

「駱駝には絵筆もいらねえよなぁ」

ものすごい勢いで白花が行李に飛びついた。まるで自分が蓋になったかのように、がばりと行李に覆いかぶさる。

「大事な絵筆を渡すもんか！　あっちへ行け！」

白花は絵筆をぎゅっと握りしめて、懐へしまった。

怜治が腰をかがめて、白花の耳元に口を寄せる。

「おまえは駱駝になったんだろう？　なら、もう絵筆なんかいらねえじゃねえか」

白花は激しく頭を振った。

「絵を描くために、駱駝になりきろうと思ったんだ。絵筆を捨ててしまえば、絵が描けなくなってしまうじゃないか！」

「じゃあ、駱駝なんかやめちまえ」

「嫌だっ」

怜治は面倒くさそうに後ろ頭をかいた。

「そもそも順序が違うんだよ」

白花は身を起こして、きょとんと怜治を見上げた。

「順序……？」

怜治は肩をすくめて、綾人を指差した。

「あいつは元女形だ。なりきることにかけちゃ、玄人《くろうと》だったんだぜ」

白花は切羽詰まった目を綾人に移す。綾人は一瞬だけ女形に戻ったかのように、しなを作って口元に手を当て、艶《あで》やかな笑みを浮かべながら白花の前に進み出た。

「演じるには、準備が必要です」

眉根を寄せる白花に向かって、綾人は笑みを深めた。

「まず、役のことをじっくり考えねばなりません。生い立ちや、好み、口調、仕草など――わたしは女を演じていたので、女の所作を真似ましたが――真似るためには、とにかく、よく見なければならないのです」

白花は体にくくりつけていた風呂敷の結び目を握りしめた。

「わたしは駱駝を見たことがないから、駱駝にはなりきれないのか……？」

綾人は小首をかしげる。

「その理屈では、盗人を見たことがない者は盗人を演じられず、人殺しを見たことがない者は人殺しを演じられないということになりますね。かの有名な『忠臣蔵』でも人は死に、『四谷怪談』では幽霊も出ます。狐の化身や、妖術を使う蝦蟇《がま》が出てくる芝居もありますね」

白花は混乱を極めたような顔で鬢《びん》をかきむしった。

「それじゃあ、わたしは、いったいどうしたら――」

怜治が、ちはるたちに顔を向けた。右手を振って、手招きする。

ちはるたちは部屋の中に入った。

畳の上に並べた絵に向かって、怜治が顎をしゃくる。

ちはるたちは絵を見下ろした。

思わず息を呑む。

敷居の向こうから見ていても美しかった風景が、間近で見るとますます鮮明に目に入ってきた。絵の中の人々の息遣いまでもが聞こえてくるようだ。

「雨の中、菅笠をかぶって歩いている旅人は、とても寒そうに歯を食い縛っている。道のりも、きついんだろうなあ」

慎介の言葉に、たまおがうなずく。

「花を摘んでいる女の子の着物に青虫がついていますね。花に夢中で、気づかないんだわ」

ちはるは茶屋で団子をかじっている旅人の絵を指差した。

「このみたらし、とろりと甘い醬油のにおいが漂ってきそうです。さぞ美味しいんでしょうね。団子をかじっている口元が笑っていて、目がにんまりしています」

慎介が唸った。

「食べ物は、目で味わう物でもあるからな。美味そうに見えるってことは、本当に大事なんだ」

慎介はきょろきょろと絵を見回した。

「うちの料理も描いてあるんだろう？　あの画帳はどこだ？」

怜治が行李から小さな画帳を取り出す。

「確か、これだったな」

ぱらぱらとめくって、怜治は絵を確かめる。

「あったぜ」

怜治が画帳を差し出す。受け取った慎介は、絵を見て感嘆の声を上げた。

「とんでもなく美味そうじゃねえか」

慎介は嬉しそうに目を細めて白花を見た。

「うちの料理をこんなに丁寧に描いてくださって、ありがとうございます。常日頃から、熱い物は熱いうちに召し上がっていただきたいと思っておりましたが――白花さんは、まず目でじっくりと味わってくださったんですね」

慎介が一礼する。ちはるも続けて礼をして、改めて画帳を覗き込んだ。

膳の上に並んでいるのは、ふっくらした身にほどよく醬油が染み込んだ生鱈の煮つけ、ぷるんぷるんと今にも震え出しそうな鱈の白子の柚子醬油がけ、さくっと音が聞こえてきそうな牛蒡の天ぷら、しっとりなめらかな絹豆腐と香ばしい海苔を使った青海豆腐、湯気の立ち昇る炊き立ての白飯、透き通った白い実と緑の葉が美しい蕪の澄まし汁――そして最後に手をつけられるのを待っている小蜜芋。

牛蒡の天ぷらには、かじりかけの跡がある。青海豆腐も、ほんの少し形が崩れている。

描いている途中で白花が思わず口に入れてしまったと、絵が語っていた。

絵を見ていると、口の中に唾が湧き出てくる。

ちはるは、ほうっと息をついた。

「朝日屋の膳は、幸せの膳……自分たちの作っている物は間違っていないと、この絵を見て、つくづく思いました」

ちはるは画帳をそっと撫でた。

「夢中で作っている時は、いいも悪いもわからないんですけど――」

慎介がうなずいた。

「それでいいんだ。いいとか悪いとか、あれこれ考え出しちまうと、手が止まるからな」

慎介が膳の絵を指差した。

「いいか、ちはる。この絵をよく覚えておけ。迷ったら、何度でも思い出すんだ。おれたちが作った料理を、美味いと喜んで食べてくれる人がいるってことをな」

「はい」

慎介が力強く、ちはるの背中を叩く。

「それからな、絵心も養っておけよ。料理の盛りつけは、絵と同じだ。おれたち料理人は、皿の上に、食材で世界を描くんだ。感じる心を日々磨いて、どんなことでも料理に繋げろ」

「はい」

白花が立ち上がる。慎介の手から画帳をそっと取り、両手で抱きしめた。

「わたしの絵は、間違っていないんだろうか……」

白花の涙声が部屋の中に響いた。

「わたしはこれまで、旅の中で出会った人々の刹那《せつな》を多く描いてきた。絵を見て褒めてくれる人もいれば、厳しい批判をぶつけてくる人もいた。人の意見に振り回されてはいけないと思いつつも、つい気になってしまうんだ。わたしの絵を『ありきたりで、つまらない』と評した者たちの言葉がね」

怜治が、ふんと鼻で笑った。

「おまえは何のために絵を描いているんだ？」

「え……？」

告げられた言葉の意味を探すように、白花は目線を宙にさまよわせた。

「何のためにって――それは――」

白花は自信なげに言葉を続けた。

「描くことが好きだから――それ以外には思いつかない――」

「上等じゃねえか」

白花は呆然とした面持ちで怜治を見つめた。

「好きだから……それだけでいいのか……？」

怜治が首をかしげる。

「それ以外に理由がいるのか？」

白花はくしゃりと顔をゆがめた。

「目新しい物を描いて、作風を広げなければ駄目だと思ったんだ。何か新しいことをやらなければ、ひと皮むけないと思った。このままでは絵描きとしての未来がないと思い詰めて、駱駝を描こうと思った」

怜治は呆れ笑いを浮かべて白花を見やる。

「それで自分を見失っていちゃあ世話ねえや」

慎介が慰めるような目で白花の顔を覗き込んだ。

「世間に認めてもらいたいという気持ちはわかります。料理人も同じですからね。料理を食べている客の様子ってのは、どうしても気になるもんです。だけど、気にしてばかりいたって仕方ない。自分の道を極めていくしかないんですよ」

「道を極める……」

白花は膿《うみ》をしぼり出すように、苦しげな声を発した。

「けっきょくは、そこに辿り着くんじゃありませんか？」

慎介は励ますようにうなずいて、白花に笑いかけた。

「一生、日々精進——高みを目指すしかないでしょう」

白花の唇が震えた。

「覚悟していたつもりなのに……時々どうしようもなく怖くなる……どうして何度も同じことをくり返してしまうんだろう」

白花は画帳と絵を抱きしめて、崩れ落ちるようにひざまずいた。

「周りの反対を押し切って、生まれ育った村を出て、ただひたすらに描き続けてきたけれど——何年経っても世の中に認められない——このままじゃ、二度と信州に帰れない——そう思うと、無性にあせってしまうんだ」

慎介が顎に手を当て、天井を仰いだ。

「緑陰白花って雅号は、ひょっとして信州の蕎麦畑の風景から取ったんじゃありませんか」

白花はうなずく。

「濃い緑の山の中、畑一面に蕎麦の白い花が咲くんだ。両親が蕎麦を刈る姿を、幼いわたしは木の陰に座って見ていた」

故郷に置いてきた遠い日々を眺めるように、白花は潤む目で宙を見つめた。

「思い出すのは、いつも、あの緑と白だ」

過去を嚙むように、白花は口元を小さく動かした。

「旅の途中でつらくなると、蕎麦がきを食べて、村を出た日の朝を思い返すんだ。あの日に帰りたいとは思わない。わたしは悔いていないのだと、改めて胸に刻みつけるために」

白花は膝のすぐ脇にあった絵にそっと触れた。

旅姿の若い女が杖を片手に額の汗を拭っている。疲れ切ったように見える顔には、ほんのりと笑みが浮かんでいた。

「大磯宿《おおいそ》で見かけた、女の一人旅さ。どこから来て、どこへ行くのか――悲愴な姿にはまったく見えなかったから、惚れた男のもとへでも行くのかと思ったよ」

白花は胸に抱いていた画帳と絵を撫でる。

「傍目《はため》には、わたしも幸福な旅人と映っていたんだろうか」

怜治が「さてな」と肩をすくめる。

「どう見られたっていいじゃねえか。てめえの信じる道を行くしかねえんだからよ。周りに気を取られているようじゃ、まだまだ一流にはなれねえな」

怜治は白花の眉間を指差した。

「人の目は、何のために顔の前についているんだ。頭の横や後ろじゃなくて、前によ」

白花は首をかしげながら自分の目元を押さえた。

「人は、前を向いて生きていくものだからじゃねえのか。だから馬みてえに、ぐるっと後ろのほうまで見渡せる目を持たずに生まれてくるんじゃねえのか」

白花は首を巡らせて、部屋いっぱいに並んだ絵を見渡した。これまで歩き続けてきた道のりを確かめるように。これから歩き続けていく道のりを確かめるように。

画帳と絵を握る白花の手に力がこもった。

「これからも、わたしは描き続けるよ」

白花の力強い宣言に、一同はそろって目を細めた。

すっかり冷めてしまった朝膳を平らげてから、白花は絵筆を握った。

「しばらくの間、部屋にこもるそうです」

膳を下げてきたたまおが、白花の意思をみなに伝えた。

「部屋の掃除も無用とのことで、『用があればこちらから声をかけるので、放っておいてくれ』と——お食事をお持ちする時だけは声をかけさせていただくと申しましたけれど——」

慎介が腕組みをして天井を仰ぐ。

「毎度ちゃんと食べてくれるか、わからねえな。駱駝になろうと思い詰めるほどの人だからよ。没頭したら、寝食を忘れちまうんじゃねえのか」

たまおが不安そうな顔でうなずいた。

「とにかく、気をつけて様子を窺うことにします。部屋の戸は閉め切られてしまうでしょうが、物音で気配を探って――昼夜を問わずに無理して描いて、万が一にも倒れられたら大変ですからね」

綾人が同意する。

「わたしも二階で寝起きしていますから、できる限り白花さんの様子に気を配ります」

怜治が小さく唸った。

「やっぱり、人手を増やすことも考えなくちゃならねえな。今の朝日屋なら、来てくれる者がいるかもしれねえ」

慎介がちはるに向き直る。

「おれたちは、美味いと喜んでもらえる料理を出し続けるしかねえぞ。白花さんの気力のもとになれるような膳を作ろう」

「はい」

何のために絵を描いているんだ――という怜治から白花への問いは、そっくりそのまま、ちはるの自問自答にもなった。

自分は何のために料理をしているのか――。

実家が料理屋だったから、料理人の父親に教わって、ちはるも子供の頃から包丁を握るようになったが――実家の店がなくなった今、なぜ自分は料理を作り続けているのか。

生きるため――。

それは間違っていないが、活計《たつき》を立てるためだけであれば、きっと別の道もあったはずだ。

借金取りから助けてくれた怜治の命を受けて朝日屋に来たとはいえ、怜治は話のわからぬ男ではない。もし、ちはるがもう二度と調理場に立ちたくないと本気で訴えれば、怜治は他の仕事をあてがってくれただろう。仲居の数だって足りていないのだから。

心の底から——いや、体の底から客に喜んでもらえる料理を作ること——それが自分の喜びなのではないだろうか。

だから料理を作り続ける——。

それでいいのかと思った瞬間、先ほどの怜治の言葉が頭の中によみがえった。

——それ以外に理由がいるのか——。

ちはるは頭を振って、調理場に入った。

慎介と二人、白花のための献立について話し合う。

「この時季といえば——南瓜を使うか。この前おちかが、南瓜のことを『小さなお日さま』だと言っていただろう。もうすぐ冬至だから、日輪を思い浮かべられるような一品があってもいいいな」

冬至とは、一年で最も昼が短くなり、夜が長くなる日である。冬至を過ぎれば、昼は再び長くなっていくことから、日輪が力を取り戻してよみがえるのだと考えられており、その境となる冬至を「一陽来復」とも呼ぶ。

南瓜の黄色が円く鮮やかに、ちはるの頭に浮かんだ。

ぽっと心に灯った、優しい日輪――。

「柚子もありますね」

思いついたままに、ちはるは口を開いた。

「柚子の実の色も形も、日輪みたいですよね」

慎介はうなずいた。

「料理に使ってもいいし、菓子に使ってもいいな。よし、明日から冬至までの間の膳は、南瓜と柚子を使うことにしよう。陰の極みとなる冬至の膳は、『一陽来復の膳』だ」

「朝日屋らしいですね」

「おう」

ちはるは天井を仰いだ。二階からは、かたりとも物音がしない。白花は夢中で絵を描いているのだろうか。

「蕎麦がきも、食べていただきたいです。故郷の味を作って、白花さんの力になれたら嬉しいんですけど――」

「そうだな。蕎麦を作るなら、蕎麦粉をこねて、のして、切るのに技がいる。美味い蕎麦屋に行ってもらったほうがいいだろう。だが、蕎麦がきであれば、おれたちにも作れるんじゃないか。おそらく白花さんが故郷で食べていたのは、実家で作られた素朴な蕎麦がきだろうからな」

江戸で「蕎麦」といえば、蕎麦粉に小麦粉などの繋ぎを入れて手を加え、麺状にした「蕎麦切り」である。

一方「蕎麦がき」は、蕎麦粉を熱湯で練った物だ。ゆえに蕎麦練りとも呼ばれる。蕎麦切りが生まれるまで、蕎麦粉は「蕎麦がき」や「蕎麦餅」にして食べられていたのである。

「蕎麦がきを出すんなら、上等な蕎麦粉を手に入れねえとな。信州の蕎麦は、質がいいって話だ。蕎麦の味に関しちゃ、白花さんの舌はかなり肥えているはずだぞ」

ちはるの頭に、天龍寺の住職、慈照の顔が浮かんだ。

「慈照さまに相談してみます。蕎麦は、お寺と縁が深い料理ですから」

蕎麦粉を麺状にした「蕎麦切り」の名が初めて書に登場したのは、天正二年（一五七四年）——信州にある臨済宗妙心寺派、定勝寺《じょうしょうじ》の文書『番匠作事日記』といわれている。また、江戸でも蕎麦屋が生まれる以前に、寺で蕎麦打ちが行われていたという。

「それじゃ今から、ひとっ走り行ってきてくれ。いい蕎麦粉が手に入ったら、さっそく今日の夕膳に出そう」

「はい」

天龍寺がある本所菊川町《きくかわちょう》一丁目まで、ちはるは急いだ。

山門をくぐり、境内に飛び込んだちはるは庫裡《くり》まで一気に駆けた。

「慈照さま！」

呼べば、すぐに白檀《びゃくだん》の上品な香りが濃く漂ってきた。

法衣《ほうえ》の裾をひるがえして、慈照が現れる。

肩で息をするちはるを見下ろして、慈照は眉根を寄せた。

「いったい、どうしたというのだ。朝日屋で、何かあったのか？」

ちはるは首を横に振った。

「このお寺で使っている蕎麦粉は信州の産ですか？」

慈照は小首をかしげて、じっとちはるを見つめた。わずかに強張っていた慈照の顔が、
ふわりとゆるむ。

「今度は蕎麦粉を使った新しい料理を考えているのか？」

「いえ、新しくなくていいんです」

ちはるは事情を話した。

「なるほど。泊まり客の絵師に、故郷の味を食べてもらいたい――となj」

慈照は麗しい笑みを浮かべて、廊下の奥を手で差し示した。

「ちょうど蕎麦を打っていたところだ。もう昼時だから、一緒に食べていきなさい」

しまったと、ちはるは思った。蕎麦粉の話を早く聞きたいと急《せ》いて、昼飯時を失念していた。

「いえ、すぐに帰ります。どこの蕎麦粉を使っているか、教えていただきたいだけだったので――」

「たまには、よいではないか」

慈照は楽しげに笑みを深めた。

「蕎麦は武州の産もよいと聞くが、今うちで使っている蕎麦粉は信州の産だよ。味を見ていったらどうだ？」

ちはるの口の中に、じゅわりと唾が溜まった。醬油を使った濃い蕎麦汁の味が舌の上によみがえってくる。

「おいで」

ちはるの返事を待たずに、慈照は廊下の奥へ消えていく。ちはるは一瞬だけ躊躇したが、すぐに草履を脱いで、慈照のあとを追った。

庭の見える一室で、慈照と向かい合う。

目の前に置かれたどんぶりの中には、たっぷりよそわれた蕎麦と、湯気の立ち昇る熱い汁――食べやすい大きさに切られた蕪と、蕪の葉、柚子の皮が載っている。

「さ、お食べ」

促され、ちはるは両手でどんぶりを持った。蕎麦汁の熱が、手の平に伝わってくる。醬油の香る汁の湯気が、鼻先をくすぐってくる。

汁を飲めば、力強い醬油の味の奥に、昆布と干し椎茸の出汁の香りが優しく漂っていた。寺で出される物なので、鰹《かつお》出汁は使われておらず、精進出汁になっている。

蕎麦を口に入れて嚙めば、こしのある麺が喉越しよく腹に落ちていった。

醬油のこくと柚子の香りが、ほのかに口の中に残る。

ちはるは思わず、ほうっと息をついた。

熱い美味さが体の中を駆け巡る。

蕎麦の上に載っていた蕪を箸でつまんだ。白い蕪が汁を吸って、麩《ふ》のような色合いに染まっている。

「品川蕪を素揚げにしたのだよ」

嚙めば、ほっくりやわらかく、蕪に染み込んでいた汁が舌の上に溢れ出てきた。柚子の香りをまとった醬油の甘じっょぱさと、蕪の甘みが、舌の上で絡み合う。ほんのわずかな蕪の実の筋に舌を撫でられたが、それすらも味わい深い。

ごくりと飲み込んで、次に蕪の葉を口に入れれば、しゃっきりした歯ごたえが口の中に広がった。

「美味しいです」

蕎麦を食べ進めながら顔を上げれば、慈照が美しい笑みを浮かべていた。

「それはよかった」

上品な所作で蕎麦を口にしながら、慈照は嬉しそうに目を細めた。

「食べ終えたら、一緒に蕎麦がきを作ってみようか」

「いいんですか？」

「もちろんだよ。蕎麦粉を扱っている店にも文を書いて、信州の蕎麦粉を朝日屋へ届けるよう頼んであげよう」

「ありがとうございます！」

食べ終えたどんぶりを置いて、ちはるは深々と頭を下げた。

慈照の紹介であれば安心だ。きっと良質の蕎麦粉が手に入るだろう。

観音《かんのん》さまのように慈愛に満ちた表情で、慈照はちはるを見つめた。

「いい顔をしている」

「え……？」

ちはるは頰に手を当てた。

「朝日屋で、充実した日々を過ごしているようだ。わたしも安堵したよ」

微笑む慈照の顔が、ほんの少しだけ寂しげに見えるのは気のせいか。

ちはるの胸が、きゅっと切なく、かすかに痛んだ。


庫裏の台所に場を移して、慈照と蕎麦がきを作る。

「熱い湯で練るといっても、ぶくぶく煮えたぎっている必要はない。あまり熱くし過ぎると、だまができやすいので、気をつけるのだよ」

「はい」

鍋で沸かした湯の中に、蕎麦粉を入れて、木べらで素早くかき混ぜる。

「なめらかになるまで、しっかり練り上げれば、でき上がりだ」

「はい」

慈照に見守られながら、ちはるは木べらを動かした。粘り気が出て、やわらかな餅のようになるまで練り続ける。

「箸でつまめるほどの硬さになったら、取り出してよい。湯の中に浮かべてごらん」

「はい」

椀に入れた湯の中へ、そっと落とした。

「でき上がりだ」

薬味として、わさびを添える。

慈照が小首をかしげた。

「蕎麦汁をつけて食べてもよいが――信州の田舎で野良仕事の合間に作られていたのであれば、さっと醤油をつけて食べていたのかもしれない。冷めないように湯の中に入れたが、もし頻繁に蕎麦を打つ家であれば、蕎麦湯の中に浮かべていたのかもしれないよ」

その家によっても、作り方は多少違うという。

「本当に忙しい中で作られていた物であれば、椀の中に直接蕎麦粉を入れて、湯で溶いただけの、簡単な蕎麦がきだったであろうよ」

白花の両親は山村の畑で蕎麦を育てていたのだ。百姓仕事の合間に作った蕎麦がきであれば、椀の中で蕎麦粉をぐるぐるとかき混ぜる簡素な物であったかもしれないと、ちはるは思った。

「故郷の味そっくりそのままでなければならぬと、気負う必要はない。おまえの気持ちは、きっと、その絵師に届くはずだ」

ちはるは大きくうなずいた。

これは勝負ではない。信州の村で子供たちのために蕎麦がきを作っていた白花の母親に挑む必要はないのだ。

おちかと鶴蔵の弁当も、そうだった。母親の味は、どんなに美味いと評判の店の料理とも、ひと味違うはずなのだ。

心を込めた自分なりの味を出せばいい――。

ちはるは慈照を見上げて微笑んだ。

「精一杯、蕎麦粉を練ります」

それが白花のためになると信じて――。


白花は部屋にこもり続けている。

「お食事は食べてくださっているので、大丈夫だと思うんですけど……」

一抹の不安が残るという顔で、たまおが調理場に夕膳を下げてきた。

食事処の客はみな、とっくに帰っている。

駱駝の真似をした朝から三度目の夜になるが、白花は一向に部屋から出てこない。

一昨日の夜、ちはると慎介が作った蕎麦がきは、椀を舐めるように食べつくされていた。

蕎麦がきを浮かべた湯まで飲み干されていたのだから、白花の気力は充満しているのだろう。

昨日の膳も、今日の膳も、しっかり味わってもらったようだ。

南瓜と小豆を使った南瓜粥、蕎麦がきの南瓜餡がけ、柚子を器にした人参と大根の紅白なます、豆腐の柚子味噌田楽、柚子羊羹――体の内に日輪を取り入れてもらいたいと、料理に使った南瓜と柚子も、綺麗に食べつくされていた。もちろん、一緒に膳に載せた他の品もすべて、ぺろりと平らげられている。

白花は今頃、一心不乱に絵筆を動かしているのだろうか――。

下足棚を拭き終えた綾人も調理場へやってきた。

「昨夜《ゆうべ》遅くに物音がしたので、使用人部屋の襖をそっと開けてみたら、白花さんの後ろ姿が見えました。階段を下りていったので、厠《かわや》へ行ったのでしょう。顔を合わせないほうがいいかと思い、戻ってきた足音がした時も、廊下へは出なかったのですが――」

ちはるは一階の自室でぐっすり眠っていたので、物音にまったく気づかなかった。慎介も覚えがないようで、首をかしげている。

怜治が眉間にしわを寄せた。

「子供じゃねえんだから、本人の望み通り、もうしばらく放っておけ。そのうち『できた！』と叫んで、部屋から出てくるだろうよ。それより、早く晦を――」

「できたあぁっ！」

二階で雄叫《おたけ》びが上がった。

一同はあんぐりと口を開けて、天井を仰ぎ見る。

「できた！　できたぞ！」

どすんどすんと、跳ね回る音が響き渡る。

「ったく、うるせえなぁ」

いら立った声を上げて、怜治は階段へ向かう。

「おいっ、静かにしろ！」

怜治が二階へ上がっていくと、感極まったような白花の声が聞こえてきた。

「いいところへ来た！　ちょっと見ておくれよ。渾身の作ができたんだ」

調理場に残った四人で顔を見合わせる。

「わたしたちも絵を見たいわよね……？」

たまおの言葉に、三人そろってうなずいた。先を争うように、みなで白花の部屋を目指す。


畳の上に広げられていた大きな紙には、一面の蕎麦畑が描かれていた。

花はない。

茶色い実がたわわについた蕎麦を鎌で刈り取っている男と女がいる。二人とも薄汚れた野良着だ。腰をかがめて、蕎麦の茎をわしづかみにしている。

蕎麦畑の向こうには、濃い緑の山が連なっていた。青い空に、もくもくと雲が浮かんでいる。

これが白花の故郷か――。

ちはるは紙の上の風景を見つめた。

黙々と蕎麦を刈る二人は、おそらく白花の両親――父親は実直そうな風貌で、母親は大らかで優しそうに見えた。

やはり白花が描く人物は生き生きとしている。

汗を垂らしながら懸命に働く二人の息遣いや、鎌を握る手に力を込めた時の短いかけ声までもが、紙の上から聞こえてきそうだった。

命みなぎる人の姿がしっかり描けているからこそ、蕎麦畑や山々や空が色鮮やかに美しく見えるのだ。

「これが、わたしの始まりの場所さ」

白花は疲れた顔で、満足そうに息をついた。

「明日の朝、ここを出るよ。次の場所へ行くんだ」

たまおが目を瞬かせる。

「ずいぶん急ですねえ」

白花は肩をすくめた。

「勝手気ままに動けるのが、一人旅のいいところさ」

ついこの間まで悩んでいたとは思えぬほど明るい表情で、白花はにっこり笑った。

「江戸で最後の夜だ。みんなで飲み明かそうよ」

白花が怜治の背中をばしんと叩く。

「わたしのおごりだ。ぱあっと派手にやろう」

怜治は、にっと口角を引き上げた。

「その言葉、後悔するんじゃねえぞ」


入れ込み座敷に場を移し、六人で車座になった
寝る間を惜しんで描いていたという白花はあっという間に酔いが回って、すぐに正体を失くした。

「わたしは描くよーっ」

酒の入ったちろりに向かって、白花は叫ぶ。

「あの野郎に言われた通り、わたしは馬じゃあないんだ。轡《くつわ》をつけられ、ぱっかぱっか歩けるかってんだ、この野郎。なあ、そうだろう？　そうだよなぁ」

慎介が苦笑しながら、白花に椀を差し出す。

「言われた通り、蕎麦粉を練ってきましたよ」

白花はとろんとした目を椀に向けた。

「ああ、これこれ。うちのかあやんは畑仕事で忙しかったから、おらっちでは、みんなこうやって、自分で練ってたんだぁ。しみる（寒い）日には、あっつい汁ん中に入れてよぉ」

白花は左手で椀を受け取ると、右手でちろりを持った。椀の中で練った蕎麦がきの中に、酒を注ごうとする。慎介が慌てて止めた。

「駄目ですよ。蕎麦がきを食べるなら、ちろりは置いてください」

白花は、むうっと唇を尖らせる。

「じゃあ、おめえ飲め」

ちはるに向かって、白花はちろりを突き出した。白花は椀を床に置くと、ちろりを持ったまま、ちはるの前に来た。ちはるが手にしていた湯呑茶碗の中を覗き込む。

「何だ、空になっているずら」

ちはるは酒を飲むなと慎介たちに言われて、茶を飲んでいたのである。

白花は酒をどばどばと、ちはるの湯呑茶碗に注いだ。

「あぁっ」

慎介が叫び声を上げる。

「白花さん、いけません。そいつは酒癖があまりよろしくねえんで」

「大丈夫。わたしもだよ」

白花は目を据わらせて、ちはるを小突いた。

「わたしの門出を祝して、飲むずら」

「はあ……」

ちはるに向かって、慎介が激しく首と手を横に振っている。たまおと綾人は困ったように眉根を寄せていた。怜治に至っては、怒り出す寸前のような顔をしている。

「ほら、飲め」

白花が湯呑茶碗に手をかけて、ちはるの口元に当てた。

「あっ、こぼれちゃう」

ちはるは思わず湯呑茶碗に口をつけた。芳醇な酒の香りに鼻を包み込まれながら、ごくりと酒を飲み込む。するりと喉を伝った酒が、すとんと腹に落ちていった。

「っあぁ――」

かっと体が火照《ほて》る。華やかな甘い香りが鼻から抜けて、宙に溶けていった。

「美味しい！」

白花が楽しそうに笑う。

「何だ、いける口でねえか」

もっと飲めと手であおられて、ちはるは一気に酒を飲み干した。すかさず白花が注ぎ足す。二杯目も、ぐびぐびと飲み干す。

「いい飲みっぷりだぁ」

ちはるは、へらりと笑った。

「あったぼうよぅ。もう一杯！」

にゅっと後ろから伸びてきた手に、湯呑茶碗を奪い取られる。ちはるは振り返った。ちはるから湯呑茶碗を取り上げた怜治が、ぎろりと睨みつけてくる。

「何すんのよぉ」

湯呑茶碗を取り返そうと、ちはるは手を伸ばした。怜治がうんざりした顔で、その手をつかむ。

「おまえは水だけ飲んでいろ」

白花が不満げに唸った。

「江戸で最後の夜なんだ。みんなで楽しく飲ませてくれよぉ」

ちはるは大きくうなずいた。酒をぐびぐび飲んだせいで、体からがっくり力が抜けている。思ったよりも大きく、かくんと首が傾いた。

だが、もっと飲みたい。

「飲ぉむ、飲む、飲む、酒を飲むぅ」

節をつけて歌いながら酒をねだれば、怜治の額に青筋が立つ。

白花が別の湯呑茶碗を持ってきて、酒を注いでくれた。

「ほぉれ、飲め、飲めっ」

「ありがとうございます！」

ちはるは酒を受け取って飲んだ。

慎介が「あぁ」と頭を抱える。

ちはるは笑った。

「ねえ、白花さん、早く一流の絵師になってくださいよ」

隣に座った白花の顔を覗き込んで、ちはるは自分の胸を叩いた。

「これぞ緑陰白花って名作が生まれたら、あたしが買ってあげますからね。しっかり修業してくださいよっ」

白花は、むうっと唇を尖らせた。

「さっき見せた、あの蕎麦畑の絵は駄目か？」

「何言ってんの。まぁだ、まだ！　あんなもんじゃないでしょう」

ちはるは白花の背中をばしばしと叩いた。

「もっと、もーっと、あたしを驚かせてみせなさいよぉ」

「おっ、おう」

「いつか、あたしが、ものすごい料理人になったら、あんたの絵を飾ってあげるわ。あたしの料理を食べにきたお客が、あんたの絵を見て、感心するのよ。そしたら緑陰白花の名は、もっと広まるわ」

酒の回った頭で、我ながらいい考えだと思う。

「大丈夫。絶対、成功するから！　白花さんは、どんどん絵を描けばいいのよ」

励ますつもりで白花の背中を叩き続けていたら、横から慎介に袖を引っ張られた。

「その辺で、やめとけ。白花さんは一応、客だから。な？」

白花が慎介の肩にしなだれかかる。

「一応って、何だよぅ。わたしは一流の絵師なんだぞぉ」

白花は両手を上に伸ばした。

「いいか、見てろよ。もっと、もーっと、高みに登ってやるぞぉ」

ちはるも湯呑茶碗を置いて、両手を上に伸ばす。

「もっと、もーっと！」

「もっと、もっと、もーっとだ！」

白花と二人で、犬かきのように、天井に向かって両手をぐるぐると回す。

たまらなく、おかしくなった。

けらけら笑っていたら、再び怜治に湯呑茶碗を取り上げられた。

「いい加減にしとけよ」

ちはるは怜治を睨んだ。

「何よ。約束破りのくせに」

「何だと？」

ちはるは怜治の袖をぎゅっとつかんだ。

「ねえ、何で武士の身分を捨てたの？」

気がつけば、胸に抱いていた疑問が口を衝《つ》いて出ていた。

「火盗改だった時に、うちのおとっつぁんと約束したんじゃなかったの？　きっと助けてくれるって、そう言ったんじゃなかったの？」

怜治は答えない。湯呑茶碗を持ったまま、黙ってちはるから離れていった。

「ねえ、ちょっと、怜治さん――」

伸ばしたちはるの手に、慎介が蕎麦がきの椀を握らせた。

「いいから、おめえは、これでも食ってろ」

椀の中から蕎麦の香りが漂ってくる。ちはるは、すんと鼻を鳴らした。椀に顔を寄せて、蕎麦のにおいを思いっきり吸い込む。

「信州の香り……」

蕎麦がきを口に入れれば、口の中に蕎麦の甘みが広がった。山々に見下ろされた畑の土を思わせるような荒々しさが、ほんのり香っている。

「美味しい」

小皿に入れた醤油の中にわさびを溶かし、ちょんと蕎麦がきをつけて、ちはるは食べ続けた。

「わたしは描くよーっ」

白花の陽気な笑い声が、すぐ近くで聞こえた。

何度も「描くよ」と叫ぶ白花にうなずいているうちに、睡魔が襲ってきた。白花の高らかな笑い声を聞きながら、いつの間にか、ちはるは眠りの底に沈んでいった。


翌朝、目覚めると、隣にたまおが寝ていた。ちはるの部屋に泊まったのだ。

そっと起き出して顔を洗い、調理場へ行くと、慎介が湯を沸かしていた。

「おはようございます」

声をかければ、慎介が苦笑しながら振り返る。

「何度も言うが、おめえは茶碗一杯より多く酒を飲んじゃいけねえや」

ちはるはしおらしく頭を下げた。

「はい……すみません……」

途中から記憶がないということは、きっと何かしら、やらかしてしまったのだろう。

慎介が勝手口に立って空を見上げた。

「今日は冬至だ。黄色い物と丸い物で、日輪を表そう」

「はい」

熱い湯を飲んで息を整え、朝膳の支度に取りかかった。

茹で卵の黄身を散らした山吹飯、柚子の皮を載せた鯛の澄まし汁、輪切りにした大根の風呂吹き、南瓜の煮物、炙《あぶ》り椎茸、丸い器に盛りつけた人参と小松菜の炒め物、干し柿――。

朝日の中を出立する白花の旅路が恵まれたものになるよう祈りながら、料理を膳の上に載せていく。

「お待たせいたしました。『一陽来復の膳』です」

「お運びいたします」

たまおが客室に運んでいく。

穏やかに時が流れた。

やがて朝食を終えた白花が身支度を整えて、階下に降りてきた。

「世話になったね」

懐から巾着《きんちゃく》を取り出して、支払いをする。

金を受け取った怜治が眉をひそめた。

「おい、足りねえぞ」

「えっ――」

白花が慌て顔になる。

「どうしよう――駱駝を探し回って、あちこちで駕籠を使ったりしたから――もともと安い旅籠にしか泊まれない懐具合だったのに――」

怜治は眉間にしわを寄せて唸る。

「立て替えてくれる知り合いはいねえのか」

白花は即、首を横に振った。

「いたら、そっちに泊まってるよ」

怜治は腕組みをして、頭の先から爪先までじろじろと白花を眺め回した。

「宿代の分、ただ働きでもさせるか――」

白花は顔をしかめた。

「わたしは次の場所へ早く行きたいんだよ」

「わがまま抜かすんじゃねえよ。払えねえくせに」

白花は、ちはるにすり寄った。

「昨夜、わたしの絵を買ってくれるって言ったよねえ」

「え？」

「やっぱり今すぐ買っておくれよ。安くしておくからさ。足りない分の宿代で、どうだい」

ちはるは両手を横に振った。

「無理です。あたしも借金のために買われた身なので」

「そこを何とか」

「絶対に無理です！」

白花はがっくりと肩を落とした。

「夜が明けても、お先真っ暗かい。『一陽来復の膳』のご利益なんか、まったくないじゃないか」

怜治が乱暴に鬢をかく。

「おまえが高名な絵師なら、宿代の代わりに絵で勘弁してやってもいいがよ」

ぱあっと明るくなった顔を上げて、白花は入れ込み座敷の隅へ走った。

「そのうち高名になるさ」

白花は荷を解いて、絵筆を取り出した。入れ込み座敷に置いてあった衝立に向かって、絵筆を構える。

怜治が「おい」と声を上げた。

「何やってんだよ。よけいな真似するんじゃねえぞ――おいっ」

白花は衝立に大きく円を描いた。勢いよく、曙色に塗り潰していく。

あっという間に、昇っていく朝日を衝立の中に閉じ込めたような絵が完成した。

「これが宿代だ。釣りはいらないよ」

怜治はいまいましげに、けっと呆れ笑いを飛ばす。

「緑陰白花お得意の、人物画じゃねえのかよ」

白花は飄々《ひょうひょう》とした笑みを浮かべた。

「この絵に限っては、朝日屋を訪れた客たちが入れ込み座敷に集って初めて完成するのさ。夜が明けぬ時でも、暴風雨の時でも、日輪はいつも朝日屋とともにある」

怜治は、ふんと鼻を鳴らした。

「馬鹿野郎。一刻も早くその名を世に轟《とどろ》かせて、朝日屋の宣伝をしやがれってんだ」

白花は心得顔で、懐から何やら取り出した。

朝日屋の箸紙だ。

「旅の途中で江戸へ向かう人に会ったら、言っておくよ。曙色の暖簾が目印の旅籠に泊まれば、きっと運が開けるってね」

白花は箸紙を怜治に差し出した。

「主どの、記念に朝日屋の名を入れておくれ」

怜治は面倒くさそうな顔で箸紙を見たが、黙って受け取った。筆を用意して、箸紙の裏に、ささっと何やら書き込む。

「ほらよ」

淡い曙色の箸紙に書かれた文字は「あ」――筆の最後がくるんと大きく丸まって、丸に「あ」の字を入れた屋号のように見える。

白花は箸紙を手にして、嬉しそうに笑った。

「朝日屋の『あ』だね——これを見るたびに、きっと今年の一陽来復を思い出すよ」

大きな行李に入れた絵の道具を背負って、白花は朝日が照らす道へ軽やかに踏み出していった。

冬至の今日は、一年で最も昼が短い、陰の極みである。

ちはるは衝立に描かれた日輪を見つめた。

陰の極みだろうが何だろうが、日々なすべきことをなすだけである。

ちはるは今日も精一杯、慎介たちとともに、幸せの四菜を載せた朝日屋の膳を作り続けていく。

本書を執筆するにあたり、左記の方々に多大なる協力をいただきました。
福田浩先生（江戸料理研究家）
ほしひかる氏（特定非営利活動法人 江戸ソバリエ協会理事長）
林幸子先生（料理研究家）
一般社団法人 東京築地目利き協会
この場を借りて、心より御礼を申し上げます。
著者

本作は書き下ろしです

中公文庫

まんぷく旅籠《はたご》 朝《あさ》日《ひ》屋《や》
なんきん餡《あん》と三角卵《さんかくたまご》焼《や》き

2021年6月25日 初版発行

著 者 高《たか》田《だ》 在《あり》子《こ》

発行者 松田 陽三

発行所 中央公論新社
〒100-8152 東京都千代田区大手町1-7-1
電話 販売 03-5299-1730 編集 03-5299-1890
URL http://www.chuko.co.jp/

DTP 嵐下英治
印 刷 大日本印刷
製 本 大日本印刷

Published by CHUOKORON-SHINSHA, INC.
Printed in Japan ISBN978-4-12-207079-0 C1193

中公文庫既刊より

各書目の下段の数字はISBNコードです。978－4－12が省略してあります。

あ-59-4
一路（上）　浅田次郎
父の死により江戸から国元に帰参した小野寺一路は、参勤道中御供頭のお役目を仰せつかる。家伝の行軍録を唯一の手がかりに、いざ江戸見参の道中へ！
206100-2

あ-59-5
一路（下）　浅田次郎
蒔坂左京大夫一行の前に、中山道の難所、御家乗っ取りの企てなど難題が降りかかる。果たして、行列は期日通りに江戸へ到着できるのか——。〈解説〉檀　ふみ
206101-9

あ-59-6
浅田次郎と歩く中山道　『一路』の舞台をたずねて　浅田次郎
中山道の古き良き街道風景や旅籠の情緒、豊かな食文化などを時代小説『一路』の世界とともに紹介します。いざ、浅田次郎を唸らせた中山道の旅へ！
206138-5

あ-59-7
新装版　お腹召しませ　浅田次郎
幕末期、変革の波に翻弄される武士の悲哀を描く傑作時代短編集。書き下ろしエッセイを特別収録。司馬遼太郎賞・中央公論文芸賞受賞作。〈解説〉橋本五郎
206916-9

あ-59-8
新装版　五郎治殿御始末　浅田次郎
武士という職業が消えた明治維新期、行き場を失った老武士が下した、己の身の始末とは。表題作ほか全六篇に書き下ろしエッセイを収録。〈解説〉磯田道史
207054-7

あ-66-1
舌　天皇の料理番が語る奇食珍味　秋山徳蔵
半世紀以上を天皇の料理番として活躍した著者が「舌は味覚の器であり愛情の触覚」と悟った極意をもって秘食強精からイカモノ談義までを大いに語る。
205101-0

あ-66-2
味　天皇の料理番が語る昭和　秋山徳蔵
半世紀にわたって昭和天皇の台所を預かり、日常の食事と無数の宮中饗宴の料理を司った「天皇の料理番」が自ら綴った一代記。〈解説〉小泉武夫
206066-1

あ-66-3
味の散歩
秋山徳蔵
昭和天皇の料理番を務めた秋山徳蔵が〝食〟にまつわるあれこれを自ら綴る随筆集。「あまから抄」「宮中の正月料理」他を収録。〈解説〉森枝卓士
206142-2

あ-66-4
料理のコツ
秋山徳蔵
高級な食材を使わなくとも少しの工夫で格段に上等な食卓になる――「天皇の料理番」が家庭の料理人に向けて料理の極意を伝授する。〈解説〉福田　浩
206171-2

あ-79-2
高座のホームズ 昭和稲荷町らくご探偵
愛川　晶
昭和五〇年代、稲荷町の落語長屋。噺家連中が持ち込む謎の数々を解き明かすのは、八代目林家正蔵（のちの彦六）⁉ 名人の推理が光る洒脱な落語ミステリー。
206558-1

あ-79-3
黄金餅《こがねもち》殺人事件 昭和稲荷町らくご探偵
愛川　晶
古典落語の名作「黄金餅」を彷彿とさせる怪事件が雪の東京で発生した！ 落語界の大看板にして名探偵・八代目林家正蔵が謎に挑む痛快落語ミステリー第二弾！
206645-8

あ-79-4
道具屋殺人事件 神田紅梅亭寄席物帳
愛川　晶
真打ちを目指し、日々修業に励む二つ目・寿笑亭福の助の周辺で次々と謎の怪事件が勃発！ 〝落語ミステリ〟の異才が放つ珠玉の三編。〈解説〉宇田川拓也
206722-6

あ-79-5
高座のホームズみたび 昭和稲荷町らくご探偵
愛川　晶
「犬の目」を口演中の二つ目・佃家花蔵が酔客に左眼を殴打され、次いで花蔵の兄弟子・傳朝が暴漢に襲われる。八代目林家正蔵の推理は⁉〈解説〉西上心太
206775-2

あ-79-6
芝浜謎噺 神田紅梅亭寄席物帳
愛川　晶
二つ目・寿笑亭福の助の元弟子が『芝浜』の稽古をつけてほしいと泣きついてきた。口演が難しい人情噺に拘るのには深い事情が。異色の落語ミステリ三篇。
206808-7

あ-79-7
芝浜の天女 高座のホームズ
愛川　晶
天女のように美しい妻の秘密とは？ 女に金に、芸の道に悩める噺家たちが今日も探偵・林家正蔵の長屋へやってくる。落語ミステリー第四弾。〈解説〉広瀬和生
206903-9

各書目の下段の数字はISBNコードです。978－4－12が省略してあります。

あ-83-1
闇医者おゑん秘録帖
あさのあつこ
「闇医者」おゑんが住む、竹林のしもた屋。江戸の女たちにとって、そこは最後の駆け込み寺だった――。女たちの再生の物語。〈解説〉吉田伸子
206202-3

あ-83-2
闇医者おゑん秘録帖 花冷えて
あさのあつこ
子堕ろしを請け負う「闇医者」おゑんのもとには、今日も事情を抱えた女たちがやってくる。「診察」は、やがて「事件」に発展し……。好評シリーズ第二弾。
206668-7

い-8-4
獅 子
池波正太郎
九十歳をこえてなお「信濃の獅子」と謳われた真田信之が、松代十万石の存亡を賭け、下馬将軍・酒井忠清に挑む、壮絶な隠密攻防戦。〈解説〉小谷正一
202288-1

い-8-8
青春忘れもの 増補版
池波正太郎
小卒の株仲買店の小僧が小説家として立つまで――。著者の創作のエッセンスが詰まった痛快な青春記。短篇小説「同門の宴」を併録。〈解説〉島田正吾
206866-7

う-9-4
御馳走帖
内田百閒《ひゃっけん》
朝はミルク、昼はもり蕎麦、夜は山海の珍味に舌鼓をうつ百閒先生の、窮乏時代から知友との会食まで食味の楽しみを綴った名随筆。〈解説〉平山三郎
202693-3

う-9-5
ノ ラ や
内田百閒
ある日行方知れずになった野良猫の子ノラと居つきながらも病死したクルツ。二匹の愛猫にまつわる愛情と機知とに満ちた連作14篇。〈解説〉平山三郎
202784-8

う-9-6
一病息災
内田百閒
持病の発作に恐々としつつも医者の目を盗み麦酒をがぶがぶ……。ご存知百閒先生が、己の病、身体、健康について飄々と綴った随筆を集成したアンソロジー。
204220-9

う-9-7
東京焼盡《しょうじん》
内田百閒
空襲に明け暮れる太平洋戦争末期の日々を、文学の目と現実の目をないまぜつつ綴る日録。詩精神あふれる稀有の東京空襲体験記。
204340-4

う-9-10
阿呆の鳥飼
内田百閒
鶯の鳴き方が悪いと気に病み、漱石山房に文鳥を連れて行く……。『ノラや』の著者が小動物たちとの暮らしを綴る掌篇集。〈解説〉角田光代
206258-0

う-9-11
大貧帳
内田百閒
お金はなくても腹の底はいつも福福である——質屋、借金、原稿料……飄然としたなかに笑いが滲みでる。百鬼園先生独特の諧謔に彩られた貧乏美学エッセイ。
206469-0

う-9-12
百鬼園戦後日記Ⅰ
内田百閒
『東京焼盡』の翌日、昭和二十年八月二十二日から二十一年十二月三十一日までを収録。掘立て小屋の暮しを飄然と綴る。〈巻末エッセイ〉谷中安規（全三巻）
206677-9

う-9-13
百鬼園戦後日記Ⅱ
内田百閒
念願の新居完成。焼き出されて以来、三年にわたる小屋暮しは終わる。昭和二十二年一月一日から二十三年五月三十一日までを収録。〈巻末エッセイ〉高原四郎
206691-5

う-9-14
百鬼園戦後日記Ⅲ
内田百閒
自宅へ客を招き九晩かけて還暦を祝う。昭和二十三年六月一日から二十四年十二月三十一日まで。索引付。〈巻末エッセイ〉平山三郎・中村武志〈解説〉佐伯泰英
206704-2

う-9-15
追懐の筆 百鬼園追悼文集
内田百閒
夏目漱石、芥川龍之介ら文学者から、親友・宮城道雄、学生、飼猫クルツまで。哀惜をこめてその死を悼み、思い出を綴る。文庫オリジナル。〈解説〉森まゆみ
207028-8

う-28-7
孤闘 立花宗茂
上田秀人
武勇に誉れ高く乱世に義を貫いた最後の戦国武将の風雲録。島津を撃退、秀吉下での朝鮮従軍、さらに家康との対決！ 中山義秀文学賞受賞作。〈解説〉縄田一男
205718-0

う-28-8
新装版 **御免状始末** 闕所物奉行 裏帳合㈠
上田秀人
遊郭打ち壊し事件を発端に水戸藩の思惑と幕府の陰謀が渦巻く中を、著者史上最もダークな主人公・榊扇太郎が剣を振るい、謎を解く！ 待望の新装版。
206438-6

各書目の下段の数字はISBNコードです。978-4-12が省略してあります。

う-28-9
新装版 蛮社始末 闕所物奉行 裏帳合(二)
上田秀人
榊扇太郎は闕所となった蘭方医、高野長英の屋敷から、倒幕計画を示す書付を発見する。鳥居耀蔵の陰謀と幕府の思惑の狭間で真相究明に乗り出すが……。
206461-4

う-28-10
新装版 赤猫始末 闕所物奉行 裏帳合(三)
上田秀人
武家屋敷連続焼失事件を検分した扇太郎は改易された出火元の隠し財産に驚愕。闕所の処分に大目付が介入、大御所死後を見据えた権力争いに巻き込まれる。
206486-7

う-28-11
新装版 旗本始末 闕所物奉行 裏帳合(四)
上田秀人
失踪した旗本の行方を追う扇太郎は借金の形に娘を売る旗本が増えていることを知る。人身売買禁止を逆手にとり吉原乗っ取りを企む勢力との戦いが始まる。
206491-1

う-28-12
新装版 娘始末 闕所物奉行 裏帳合(五)
上田秀人
借金の形に売られた旗本の娘が自害。扇太郎の預かりの身となった元遊女の朱鷺にも魔の手がのびる。江戸闇社会の掌握を狙う一太郎との対決も山場に!
206509-3

う-28-13
新装版 奉行始末 闕所物奉行 裏帳合(六)
上田秀人
岡場所から一斉に火の手があがった。政権返り咲きを図る家斉派と江戸の闇の支配を企む一太郎が勝負に出たのだ。血みどろの最終決戦のゆくえは⁉
206561-1

う-28-14
維新始末
上田秀人
あの大人気シリーズが帰ってきた! 天保の改革から二十年、闕所物奉行を辞した扇太郎が見た幕末の闇。過去最大の激闘、その勝敗の行方は⁉
206608-3

う-28-15
翻弄 盛親と秀忠
上田秀人
偉大な父を持つ長宗我部盛親と徳川秀忠は、立場は違えどいずれも関ヶ原で屈辱を味わう。それから十余年、運命が二人を戦場に連れ戻す。〈解説〉本郷和人
206985-5

お-78-1
三浦老人昔話 岡本綺堂読物集一
岡本綺堂
死んでもいいから背中に刺青を入れてくれと懇願する若者、置いてけ堀の怪談——岡っ引き半七の友人、三浦老人が語る奇譚の数々。〈解題〉千葉俊二
205660-2

お-78-2
青《せい》蛙《あ》堂《どう》鬼《き》談《だん》　岡本綺堂読物集二
岡本綺堂
夜ごと人間の血を舐める一本足の美女、蝦蟇に祈禱をするうら若き妻、夜店で買った猿の面をめぐる怪異——暗闇に蠢く幽鬼と妖魔の物語。〈解題〉千葉俊二
205710-4

お-78-3
近代異妖篇　岡本綺堂読物集三
岡本綺堂
人をひとり殺してきたと告白する藝妓のはなし、影を踏まれるのを怖がる娘のはなしなど、江戸から大正期にかけてのふしぎな話を集めた。〈解題〉千葉俊二
205781-4

お-78-4
探偵夜話　岡本綺堂読物集四
岡本綺堂
死んだ筈の将校が生き返った話、山窩の娘の抱いた哀切な秘密、駆落ち相手を残して変死した男の話など、探偵趣味の横溢する奇譚集。〈解題〉千葉俊二
205856-9

お-78-5
今古探偵十話　岡本綺堂読物集五
岡本綺堂
中国を舞台にした義俠心あふれる美貌の女傑の話、新聞記事に心をさいなまれてゆく娘の悲劇「慈悲心鳥」など、好評「探偵夜話」の続篇。〈解題〉千葉俊二
205968-9

お-78-6
異妖新篇　岡本綺堂読物集六
岡本綺堂
狢《むじな》や河獺《かわうそ》など、近代化がすすむ日本の暗闇にとり残された生き物や道具を媒介に、異界と交わるものたちを描いた「近代異妖篇」の続篇。〈解題〉千葉俊二
206539-0

お-78-7
怪　獣　岡本綺堂読物集七
岡本綺堂
自分の裸体の写し絵を取り戻してくれと泣く娘の話、美しい娘に化けた狐に取り憑かれる歌舞伎役者の話など、綺堂自身が編んだ短篇集最終巻。〈解題〉千葉俊二
206649-6

お-78-8
玉藻の前
岡本綺堂
「殺生石伝説」を下敷きにした長編伝奇小説。平安朝、金毛九尾の妖狐に憑かれた美少女と、幼なじみの陰陽師の悲恋。短篇「狐武者」を収載。〈解題〉千葉俊二
206733-2

お-82-1
時《し》平《へい》の桜、菅公の梅
奥山景布子《きょうこ》
孤高の俊才・菅原道真と若き貴公子・藤原時平。身分も年齢も違う二人は互いに魅かれ合うも、残酷な因縁に辿り着く——国の頂を目指した男たちの熱き闘い！
205922-1

各書目の下段の数字はISBNコードです。978－4－12が省略してあります。

お-82-2
恋衣　とはずがたり
奥山景布子
後深草院の宮廷を舞台に、愛欲と乱倫、嫉妬の渦に翻弄される一人の女性。遺された日記を初めて繙いた娘の視点から、その奔放な人生を辿る。〈解説〉田中貴子
206381-5

お-82-3
秀吉の能楽師
奥山景布子
太閤秀吉を能に没頭させよ、との密命を帯び、天下人に近づいた能楽師・暮松新九郎。能に見せた秀吉の狂気はやがて新九郎を翻弄してゆく。〈解説〉縄田一男
206572-7

お-82-4
江戸落語事始　たらふくつるてん
奥山景布子
口下手の甲斐性なしが江戸落語の始祖⁉　殺人の濡れ衣や綱吉の圧制に抗いながら、決死で〝笑い〟を究めた咄家・鹿野武左衛門の一代記。〈解説〉松尾貴史
207014-1

き-37-1
浮世女房洒落日記
木内　昇
お江戸は神田の小間物屋、女房・お葛は二十七。あっけらかんと可笑しくて、しみじみ愛しい、市井の女房が本音でつづる日々の記録。〈解説〉堀江敏幸
205560-5

き-37-2
よこまち余話
木内　昇
ここは、「この世」の境が溶け出す場所——ある秘密を抱えた路地を舞台に、お針子の齣江と長屋の住人たちが繰り広げる、追憶とはじまりの物語。
206734-9

す-25-27
手習重兵衛　闇討ち斬　新装版
鈴木英治
江戸白金で行き倒れとなった重兵衛は、手習師匠・宗太夫に助けられ居候となったが……。凄腕で男前の快男児が謎を斬る時代小説シリーズ第一弾。
206312-9

す-25-28
手習重兵衛　梵鐘　新装版
鈴木英治
手習子のお美代が消えた⁉　行方を捜す重兵衛だったが……（「梵鐘」より）。趣向を凝らした四篇の連作が織りなす、人気シリーズ第二弾。
206331-0

す-25-29
手習重兵衛　暁闇　新装版
鈴木英治
旅姿の侍が内藤新宿で殺された。同心の河上が探索を進めると、重兵衛の住む白金村へ向かう途中だったらしいと分かったが……。人気シリーズ第三弾。
206359-4

す-25-30
手習重兵衛 刃《やいば》舞《まい》 新装版 鈴木英治
親友と弟の仇である妖剣の遣い手・遠藤恒之助を倒すため、新たな師のもとで〈人斬りの剣〉の稽古に励む重兵衛だったが……。人気シリーズ第四弾。
206394-5

す-25-31
手習重兵衛 道中霧 新装版 鈴木英治
親友殺しの嫌疑が晴れ、久方ぶりに故郷の諏訪へ帰ることとなった重兵衛。母との再会に胸高鳴らせる彼を、妖剣使いの仇敵・遠藤恒之助と忍びたちが追う。
206417-1

す-25-32
手習重兵衛 天狗変 新装版 鈴木英治
重兵衛を悩ませる諏訪忍びの背後には、三十年ごしの因縁が——家中を揺るがす事態に、重兵衛、左馬助、惣三郎らが立ち向かう。人気シリーズ、第一部完結。
206439-3

す-25-18
手習重兵衛 母恋い 鈴木英治
侍を捨てた興津重兵衛は、白金村で手習所を再開した。村名主の娘おそのを妻に迎えるはずだったのが、重兵衛を仇と思いこんだ女と同居する羽目に……。
205209-3

す-25-19
手習重兵衛 夕映え橋 鈴木英治
ついに重兵衛がおそのに求婚。その余韻も冷めぬまま、二人は堀井道場に左馬助を訪ね、そこで目にした一振りの刀に魅了される。風田宗則作の名刀だった。
205239-0

す-25-20
手習重兵衛 隠し子の宿 鈴木英治
おそのと婚約した重兵衛だったが、直後、朋友の作之助と吉原に行ったことが判明。さらに、品川の女郎宿に通っていると噂され……。許嫁の誤解はとけるのか？
205256-7

す-25-21
手習重兵衛 道連れの文《ふみ》 鈴木英治
婚約を母に報告するため、おそのを伴い諏訪へと旅立った重兵衛。道中知り合った一人旅の腰元ふうの女から、甲府勤番支配宛の密書を託される。文庫書き下ろし。
205337-3

す-25-22
手習重兵衛 黒い薬売り 鈴木英治
故郷の諏訪に帰った重兵衛。ところが、実家の興津家では当主・輔之進の妻と侍女が行方知れずに。一方江戸では、重兵衛の留守に、怪しい薬売りが住み着いていた。
205490-5

各書目の下段の数字はISBNコードです。978-4-12が省略してあります。

す-25-23
手習重兵衛 祝い酒
鈴木英治
甲州街道で狙撃された重兵衛。なぜ狙われたのか？ 江戸の手習所に住み着いた薬売りとの関係は？ そして重兵衛の生死は？ シリーズ完結。〈解説〉細谷正充
205544-5

す-25-33
江戸の雷神
鈴木英治
その勇猛さで「江戸の雷神」と呼ばれる火付盗賊改役の伊香雷蔵は、府内を騒がす辻斬り、押し込み、盗賊らを追うが……。痛快時代小説シリーズ開幕！
206658-8

す-25-34
幕末 暗殺！
鈴木英治／早見俊／秋山香乃／神家正成／新美健／誉田龍一／谷津矢車
幕末の江戸や京で多くの命が闇に葬られた。暗殺——。彼らはなぜ殺されたのか。実力派によるオリジナル競作アンソロジー、待望の文庫化！〈解説〉末國善己
207004-2

こ-30-1
奇食珍食
小泉武夫
蚊の目玉のスープ、カミキリムシの幼虫、ヒルのソーセージ、昆虫も爬虫類・両生類も紙も灰も食べつくす、世界各地の珍奇でしかも理にかなった食の生態。
202088-7

こ-30-3
酒肴奇譚《しゅこうきたん》 語部醸児之酒肴譚《かたりべじょうじのしゅこうたん》
小泉武夫
酒の申し子「諸白醸児」を名乗る醸造学の第一人者で、東京農大の痛快教授が〝語部〟となって繰りひろげる酒にまつわる正真正銘の、とっておき珍談奇談。
202968-2

こ-30-5
灰と日本人
小泉武夫
発火、料理、消毒、肥料、発酵、製紙、染料、陶芸等、道具や材料だった必需品について食生活、社会、風俗、宗教、芸術に分け入り科学と神秘性を解き明かす。
206708-0

た-34-4
漂蕩の自由
檀一雄
韓国から台湾へ。リスボンからパリへ。マラケシュで迷路をさまよい、ニューヨークの木賃宿で安酒を流し込む。「老ヒッピー」こと檀一雄による檀流放浪記。
204249-0

た-34-5
檀流クッキング
檀一雄
この地上で、私は買い出しほど好きな仕事はない——という著者は、人も知る文壇随一の名コック。世界中の材料を豪快に生かした傑作92種を紹介する。
204094-6

た-34-6
美味放浪記
檀一雄
著者は美味を求めて放浪し、その土地の人々の知恵と努力を食べる。私達の食生活がいかにひ弱でマンネリ化しているかを痛感せずにはおかぬ剛毅な書。
204356-5

た-34-7
わが百味真髄
檀一雄
四季三六五日、美味を求めて旅し、実践的料理学に生きた著者が、東西の味くらべはもちろん、その作法と奥義も公開する味覚百態。〈解説〉檀　太郎
204644-3

つ-2-11
辻留・料理のコツ
辻嘉一
材料の選び方、火加減、手加減、味加減――「辻留」の二代目主人が、料理のコツのコツをやさしく手ほどきする。家庭における日本料理の手引案内書。
205222-2

つ-2-12
味覚三昧
辻嘉一
懐石料理一筋。名代の包宰、故、辻嘉一が、日本中に足を運び、古今の文献を渉猟して美味真味を探究。二百余に及ぶ日本食文化と味を談じた必読の書。
204029-8

つ-2-13
料理心得帳
辻嘉一
茶懐石「辻留」主人の食説法。ひらめきと勘、盛りつけのセンス、よい食器とは、昔の味と今の味、季節季節の献立と心得を盛り込んだ、百六題の料理嘉言帳。
204493-7

つ-2-14
料理のお手本
辻嘉一
ダシのとりかた、揚げ物のカンどころ、納豆に豆腐にお茶漬、あらゆる料理のコツと盛り付け、四季のいろどりも豊かな、家庭の料理人へのおくりもの。
204741-9

つ-2-9
辻留 ご馳走ばなし
辻嘉一
茶懐石の老舗の主人というだけでなく家庭料理の普及につとめてきた料理人が、素材、慣習を中心に、六十余年にわたる体験を通して綴る食味エッセイ。
203561-4

と-26-13
堂島物語1 曙光篇
富樫倫太郎
米が銭を生む街・大坂堂島。十六歳と遅れて米問屋へ奉公に入った吉左には「暖簾分けを許され店を持つ」という出世の道は閉ざされていたが――本格時代経済小説の登場。
205519-3

各書目の下段の数字はISBNコードです。978－4－12が省略してあります。

と-26-14
堂島物語2 青雲篇
富樫倫太郎

山代屋へ奉公に上がって二年。丁稚として務める一方、幕府未公認の先物取引「つめかえし」で相場師としての頭角を現しつつある吉左は、両替商の娘・加保に想いを寄せる。

205520-9

と-26-15
堂島物語3 立志篇
富樫倫太郎

念願の米仲買人となった吉左改め吉左衛門は、自分と同じく二十代で無敗の天才米相場師・寒河江屋宗右衛門の存在を知る――『早雲の軍配者』の著者が描く経済時代小説第三弾。

205545-2

と-26-16
堂島物語4 背水篇
富樫倫太郎

「九州で竹の花が咲いた」という奇妙な噂を耳にした吉左衛門は西国へ飛ぶ。やがて訪れる享保の大飢饉をめぐる米相場乱高下は、ビジネスチャンスとなるか、破滅をもたらすか――。

205546-9

と-26-17
堂島物語5 漆黒篇
富樫倫太郎

かつて山代屋で丁稚頭を務めた百助は莫大な借金を抱え、お新と駆け落ちする。米商人となる道を閉ざされ、行商人に身を落とした百助は、やがて酒に溺れるが……。

205599-5

と-26-18
堂島物語6 出世篇
富樫倫太郎

川越屋で奉公を始めることになった百助の息子・万吉は、手代たちから執拗な嫌がらせを受ける。『早雲の軍配者』の著者が描く本格経済時代小説第六弾。

205600-8

や-49-1
菜種晴《なたねば》れ
山本一力

五歳にして深川の油問屋へ養女に迎えられた菜種農家の娘。その絶品のてんぷらは江戸の人々をうならせる。いくつもの悲しみを乗り越えた先に、彼女が見たものとは。

205450-9

や-49-2
まねき通り十二景
山本一力

頑固親父にしっかり女房、ガキ大将に祭好き……お江戸深川冬木町、涙と笑いで賑わう毎日。著者自ら「格別に好きな一作」と推す、じんわり人情物語。

205730-2

た-94-1
まんぷく旅籠 朝日屋 ぱりとろ秋の包み揚げ
高田在子

お江戸日本橋に、ワケあり旅籠が誕生!? 人生のどん底を知り、再出発を願う者たちが集められた新生「朝日屋」が、美味しいご飯とおもてなしで奇跡を起こす！

206921-3